KB151128

숲속책방

천일야화

백창화 지음

남해의봄날

나를 부르는 책

2014년 봄, 정원이 아름다운 집에 작은 가정식 책방을 열고, 이어서 2015년 〈작은 책방, 우리 책 쫌 팝니다〉를 펴낸 뒤 의기양양했었다. 내가 원했던 삶, 자연이 아름다운 곳에 정착하여 책으로 가득한 집을 만들었으니 그 집에서 매일매일 읽고 또 쓰며 살리라 했다.

걸작을 써 내는 작가의 꿈은 애초에 접었으나, 일상 기록자로서 자연 속에서 살아가는 충만한 삶의 모습을 쓰고 싶었다. 그러나 처음 생각과 달리 정말 작은 책방이지만 일은 너무 바빴고 우리 부부가 하루를 꼬박 매달려야 책방 업무가 순조롭게 돌아갔다. 여기에 계절이 바뀔 때마다 집도 수리해야 했고, 정원 일도 해야 했고, 얼마 전부터는 작은 땅이지만 농사도 짓게 되었다(물론 거친 일들의 대부분을 책방 사장님인 남편이 도맡고 있다. 공동대표라지만 게으른 직원의 마인드를 장착한 나는 책방 일 하나에도 전전긍긍하며 매일 일이 많다고 사장님께 불평불만을 해대고 있다).

돌아보니 그렇게 책방 일에 몰입하여 7년의 시간을 보냈다. 다행인 건지 불행인 건지 지난해 닥친 코로나19라는 비상사태는 열심히 일한 우리에게 충분한 휴식의 시간을 허락했고 경제가 흔들린 대신(마음도 같이 흔들렸다), 읽고 생각하고 쓸 수 있는 시간을 갖게 했다. 하루에 한 명도 손님이 없는 개점휴업의 시간 동안 아름다운 책방을 독차지하고 해먹에 누워 흔들리며 지난 시간을 추억했다.

나 자신을 위해, 생업을 위해 살아가던 생애 전반기를 마감하고 공동체와 커뮤니티, 문화와 연대라는 공공의 가치를 생각하며 처음 작은 도서관을 열던 때를 생각했다. 2001년 살고 있던 집의 거실을 가정문고로 개방하고, 2002년 공간을 마련해 정식으로 '숲속작은도서관'의 간판을 달았던 때부터 딱 20년이 흘렀다. 처음 10년은 도서관 없는 도시에 도서관을 만들자는 활동을 펼쳤고 다음 10년은 농촌으로 이주해 작은 책방이라는 터를 꾸렸다.

　　강산이 한 번 변할 동안 내 생은 도서관과 함께였고 그 기간 동안 한국의 도서관은 괄목할 만한 성장을 했다. 번듯한 공공도서관 하나 없던 동네가 태반이었는데 이제 도서관 가까운 동네는 명망이 높다는 뜻으로 '도세권'이라는 말이 나올 만큼 지역 곳곳에 규모도, 외양도, 내용도 풍부한 도서관들이 들어섰다. 공공도서관 건립이 지자체 장들의 대표 업적으로 기록될 만큼 정책 우선순위도 많이 올라갔다. 내가 처음 시골 작은 책방을 열었을 때만 해도 우리나라에서 서점은 사람들의 관심 밖이었지만 지금은 새로이 문 여는 백화점과 대형 쇼핑몰, 호텔에서도 서점을 먼저 유치할 정도로 사람을 끄는 공간으로 자리매김하고 있다. 여전히 부침이 심하고 어렵긴 해도 눈에 잘 띄지 않는 동네 골목길 곳곳에 불을 밝히는 작은 책방들이 늘어나고 있다. 우리나라 도서관과 서점이 꿈틀대며 살아 오르던 변화와 격동의 20년, 그 시기를 내가 같이 걷고 함께 살았다는 게 매우 뜻깊게 다가온다.

그동안 나 홀로 읽고 쓰던 삶에서 사람들과 어울려 함께 읽는 삶으로, 계절을 알지 못하던 빌딩 숲속의 삶에서 자연의 소리에 귀 기울일 줄 알게 된 자연 속 삶으로 나의 시간이 변화했다. 날카롭던 성정은 많이 둥글어졌고(둥글게 깎인 게 이 모양이다. 아직 사포질이 더 많이 필요하다), 많이 많이 게을러졌다.

무엇보다 낯선 토끼를 따라온 앨리스처럼 이곳에서 나는 이상하고도 신기한 일들을 경험했다. 이곳은 분명 내가 사는 집인데, 어둠이 찾아오면 내가 알던 그 숲속작은책방이 아니라 평행 우주 속 정령들이 지배하는 다른 공간인 것처럼 기이한 일들이 일어난다.

책이라곤 펼쳐 보지도 않던 아이가 세상에서 가장 행복한 얼굴을 하고 고양이를 쓰다듬으며 책을 읽는 저녁. 평생 처음으로 혼자 먼 길 떠나온 주부는 낯선 흥분에 볼 빨간 얼굴을 하고선 들고 온 여행 가방 가득 책을 쓸어 담는다. 어떤 이는 이곳에서 오래전 꿈을 기억하고, 어떤 이는 다시 꿈을 꾸고, 그래서 이 집을 걸어 나간 후 우리를 따라 책의 집을 짓기도 한다.

'초콜릿 공장'도 아니건만 수많은 어린이들이 이 집을 잊지 못하고, 누군가는 이곳에서 느꼈던 달콤함으로 지금 지나고 있는 어둡고 긴 삶의 터널을 잘 견뎌 낼 수 있을 것 같다고도 했다.

우주에 이렇게도 신비한 공간을 만들어 줘서 고맙다고 인사를 남긴 그들의 말은 모두 한낮의 책방이 아닌, 평행 우주 속 밤의 책방에 남기는 메모들이다. 누군가에겐 버킷리스트의 한 페이지가 된 이곳에서의 시간, 그가 머무는 순간 내 시간도 나의 것이 아니고 이곳은 나의 집이 아니다. 첩첩이 이야기가 쌓여 있는 다락방, 작은 설렘과 흥분, 쓸쓸함과 안락함, 요동치던 마음들이 가라앉아 있는 그 작은 방에 잠자리를 펴노라면 세상에서 가장 깊고 푸른 밤이 열린다.

그러나 아침이 되면 마법은 풀리고 이쪽과 저쪽의 경계를 넘어 책방 문을 열고 나가며 그들은 문득 뒤돌아 내게 묻는다.

"책으로 세상을 변화시킬 수 있을까요? 책이 세상을 더 살 만한 곳으로 바꿀 수 있을까요?" 이 질문을 받은 날, 힘없이 계단을 올라가 다락방 청소를 하던 나는 손님들이 남기고 간 책방 노트에서 이 글을 만났다.

"상처받은 내게 작은 위로가 되어 줘서 고마워."

이렇게 때론 웃고 때론 울며 지내 왔던 지난 7년, 숲속의 작은 책방은 변화할수록 변화를 요구했고, 책방을 처음 열던 때와는 비교가 되지 않게 달라진 출판 생태계의 다양한 변화, 특히 동네 서점들에겐 가혹하리만치 나빠진 안팎의 환경들은 우

나를 부르는 책

리 숨을 벅차게 했다. 끊임없이 우리는 어떻게 변화해야 하나, 얼마나 더 발전해야 하나, 확장해야 하나, 땅을 더 사야 하나, 이곳을 떠나 이사를 해야 하나, 고민하는 시간을 살았다. 행복하면서도 마음 한편이 늘 편치 않았다. 삶이란 끊임없이 문젯거리를 만들어 가는 과정이라는 걸 실감하는 순간들이었다. 어제 읽은 책에선 이렇게 살라 했는데 오늘 읽은 책은 또 다른 길을 가라 이야기하고, 어젯밤엔 깃털같이 가벼운 삶을 살리라 결심하고 훌훌 털어 버렸는데 아침이 되면 다시 또 삶의 무게에 휘청거렸던 시간들.

그런 시간들에도 끊임없이 나는 읽었다. 넷플○스와 유○브로 대표되는 신매체들에 마음을 많이 빼앗겼지만 어쨌든 읽으며 살았다. 책을 읽고 사람들을 읽고 마을을 읽고 세상을 읽었다. '아무리 많은 책을 읽었어도 육체는 서글프다'는 시인의 말처럼 어쩌면 책이란 읽을수록 생에 서러움을 더해 주는 것이기도 하지만 읽지라도 않으면 할 수 있는 일이 없었기에 읽고 또 읽었다. 그렇게 읽은 책들이 숲속작은책방 서가에 쌓였다.

많이 읽지만, 깊이 읽지는 못하는 책방지기의 가벼운 성정만큼이나 책방 서가에 깊이는 부족하고 균형감도 떨어지는 걸 느낀다. 그럼에도 그 책들 가운데 무조건 한 권은 골라서 값을 치러야만 책방 문을 나설 수 있는 이 혹독한 시골 책방에 손님으로 와 주신 분들에게 미안함과 감사함을 동시에 전한다. 미안하다. 우리가 먼저 살기 위해서 그랬다. 그것은 비단 돈을 벌어야 해서가 아니라, 책방을 구경만 하고 나가는 이들을 보며 애통해하는 순간이 쌓일수록 일찍 순직(?)할 것 같아서, 미안하지만 오래 살고 싶어서 그랬다. 그러나 또 한편으로는 많은 이들이 책을 사들고 가며 저마다의 따뜻한 이야기들을 내려놓고 갔다. 감사하다. 우리 삶의 안녕을 허락해 주신 분들에게. 작은 시골 마을에 숨은 듯 자리 잡은 책방까지 찾아와 인생의 짐을 잠시 내려놓고 희망과 위로를 주고받았다. 그렇게 책을 매개로 시작한 인연은 함께 꿈을 꾸는 벗이 되기도 했고, 한 번 만났을 뿐인데도 종종 안부가 궁금해지는 기억을 남기기도 했다. 각박한 세상에 그렇게 숲속으로 모여든 이야기를 다시 책에 담아 사람들과 나누려 이 책을 썼다.

그리고 이 책은, 책방을 찾은 이들에게 가장 많이 듣는 질문, 숲속작은책방 서가의 책들은 어떤 기준으로 선별해 놓은 거냐는 질문에 대한 답이기도 하다. 오랜 시간 읽어 왔던 내 책들, 나를 꿈꾸게 하고, 나를 살게 했던 시골 책방 서가의 책들이 품은 이야기를 나누고 싶었다.

지역 학교에서 책방에 서점 나들이를 오면 책방지기는 어린 친구들에게 이렇게 속삭이곤 한다.

"입은 열지 말고 조용히 서가와 서가 사이를 돌아다녀 보세

나를 부르는 책

요. 그러면 어디선가 아주 작은 소리가 들릴 거예요. 너무 작고 낮아서 귀 기울여 듣지 않으면 잘 안 들리는데요. 바로 이런 소리들이죠. (어린이들이 초집중하면 목소리를 최대한 낮춰서 아주 작게 소곤소곤) '나 여기 있어, 나 좀 데려가 줘, 네가 찾는 바로 그 책이 나야, 여기 한번 돌아봐 줘.' 그 소리가 들리는 책을 여러분이 데려가면 됩니다."

이 책을 펼쳐 드는 여러분들 귀에도 어쩌면 이런 소리가 들릴지 모른다. 온 맘을 끌어 올려 집중해야 들을 수 있는 소리. '너 거기 있니? 나 여기 있어', 그 소리를 들을 수 있다면 정말 행운일 것이다. 그 행운의 소리에 당첨된 분들은 과감히 길을 나서 시골 책방으로 나들이를 해 보시길 권한다. 이 먼 곳에서 나를 불렀던, 내게 와 닿았던 그 책들을 집어 들고 시골 책방 문을 나가는 순간 인생이 새로운 경로로 여러분을 안내할지도 모른다.

덧) 이 책은 표면상 혼자 썼지만 내용은 책방 사장님의 영혼을 갈아 넣은 공동 저서임을 밝히며 언제나 작은 책방의 성실함을 담당하는 목수이자, 정원사이자, 농부인 내 남편에게 큰절 드린다. 마음은 '무민' 동화에 등장하는 자유로운 영혼 '스너프킨'을 꿈꾸지만 현실은 게으른 아내의 남편이자, 게으른 직원을 모시는 사장이라는 극한 직업을 수행하는 김병록 님, 당신이 부처입니다. 지금 이곳이 수행의 장이니 제발 출가만은 말아 주세요.

3장 작은 책방에도 장르가 있다

4장 쓰는 사람, 읽는 삶

1장

정원, 고양이,
그리고 인생 책

숲 속 작은 책방에 오신 걸

환영합니다

꽃가루와 같이 부드러운 고양이의 털에
고운 봄의 향기가 어리우도다.

금방울과 같이 호동그란 고양이의 눈에
미친 봄의 불길이 흐르도다.

고요히 다물은 고양이의 입술에
포근한 봄 졸음이 떠돌아라.

날카롭게 쭉 뻗은 고양이의 수염에
푸른 봄의 생기가 뛰놀아라.

-이장희, '봄은 고양이로다'

정원, 고양이, 그리고 인생 책

어디선가 낭랑히 시 읽는 소리가 들려옵니다. 나지막하고 잔잔한 음성, 오후 햇살처럼 나른하기도 하고 그러나 피어오르는 봄꽃들의 향연처럼 발그레 달뜬 맘을 감추지도 못하는 걸 보니 아마도 시골 책방을 지키고 앉은 내 집사인 듯합니다. 밀려드는 봄기운을 참지 못하고 또 정원으로 뛰쳐나갔나 봅니다.

책상 앞에 진득하게 앉아 있지 못하고 핑곗거리만 있으면 문을 열고 뛰쳐나가는 가벼움이라니. 쳇, 집사 가는 곳에 고양이 가는 건 당연지사니 나도 슬슬 몸을 일으켜 흙냄새 맡으러 나갈 수밖에요. 해먹에 누워 흔들리며 콧노래를 부르거나 한껏 멋부려 시를 읽는 집사 곁에 자리 잡고 가만히 단잠을 즐기는 건 책방에서 누리는 오래된 행복입니다.

집사의 시 읽는 소리를 자장가 삼아 오두막에서 식빵을 구우며 나른한 잠에 빠져 있는데 이크, 천둥 같은 인간 발자국 소리 그리고 아이들 함성 소리가 들려오네요. 내 단잠을 방해하는 방문객들이 잠깐 성가시게 느껴지지만, 모쪼록 냥이 세상에선 '일하지 않는 냥, 먹지도 말라'는 오래된 속담이 전해 내려오는바 몸을 일으켜 부르르 털어 봅니다. 앞으로 뒤로 몸을 길게 뻗어 쭉쭉 스트레칭도 한 번 하고요. 그리곤 자세를 바로 합니다. 오후 1시, 이제 책방 문을 열고 영업을 시작할 시간입니다.

그렇습니다. 나는 이 시골 책방에 없어서는 안 될 귀한 존재, 영업이사를 맡고 있는 '나비'입니다, 냐옹.

대략 9년 전쯤에 이곳 시골 마을로 이사를 왔습니다. 아아, 과거는 묻지 말아 주세요. 정확한 내 나이는 모른답니다. 도시 청년의 작은 방에서 외롭게 살던 어느 날 지금의 집사인 여자 사람이 왔고, 자동차에 나를 태워 이 먼 곳까지 데리고 왔습니다. 흙냄새, 풀냄새, 바람의 소리를 여기 와서 처음 만났습니다.

고양이 습성이라고는 하나도 아는 것이 없던 무지렁이 여자 사람 때문에 처음엔 고생 좀 했답니다. 뭐, 나만 고생했던 것은 아니긴 하지요. 내가 처음 왔을 때만 해도 이곳은 꽃도 나무도 없던 변변찮은 흙 마당이었는데 집사 내외가 돌을 고른다, 흙을 붓는다, 씨를 뿌린다 야단법석이더니 겨우겨우 번듯한 정원을 갖추기 시작했습니다. 그러던 어느 날은 간판을 다는 거예요. '숲속작은책방'이라나 뭐라나.

내 순찰 영역인 마을을 한 바퀴 다 돌아봐야 책 읽는 목소리 한 번 듣기 어려운 이 시골에 책을 파는 서점이라니, 말이 되냐고요. 한심한 집사들을 대체 어찌하나 걱정이었습니다. 그렇잖아요? 집사의 벌이는 그대로 야옹이 삶의 질과 비례하는데 걱정이 안 될 리가 없잖아요. 귀찮지만 어쩔 수 없이 나도 움직이기로 했습니다. 고양이 손을 빌면 어떤 기적이 일어나는지 세상 사람들에게 한번 보여 주고 싶은 욕망도 있었고요.

그리고 7년, 그동안 이 시골 책방 소문은 다 들어 보셨죠? 금방 울며 문 닫을 줄 알았던 시골 책방에 꾸준히 사람들이 찾아

오는 비결이 뭔지, 도시의 서점들도 어렵다고 아우성인데 이곳은 어찌 그리 의연하게 잘 버티는지 소문이 무성했지요. 나야 뭐 '오른손이 하는 일을 왼손이 모르게'라는 고양이 나라 교훈에 따라 냐옹냐옹 하며 짐짓 자는 체만 하고 있었는데도 참나, 세상에 비밀이 어디 있어야지요. 책방 성황에 일등 공신인 영업 이사의 비밀이 알려지고 나서는 그동안 신문이다 방송이다 숱하게들 찾아오더군요. 그렇게 '인싸' 야옹이가 되었습니다. '인싸'는 인간 세계에서 '어떤 모임에서든 적극 참여하고 주목 받고, 두루 잘 어울려 지내는 사람을 이르는 말'이라고 하네요. 그렇다면 세상 고양이들 중에 나처럼 수많은 인간들을 접대하고, 또 그들과 잘 어울려 지내는 고양이도 없으니 틀린 말은 아닌 거 같습니다.

뭐, 내 소개는 이쯤 해 두고 이제 영업시간이 되었으니 나와 함께 책방으로 들어가 보시죠. 아주 작은 아기들이 손에 쥐고 보는 그림책부터 책 읽기 싫어하는 어린이들에게 권해 주고 싶은 신기한 책, 세상에 없는 책을 찾아 헤매는 덕후들의 눈을 번쩍 뜨이게 할 책까지 숲속작은책방이 정성껏 골라 놓은 명품 서가로 여러분을 안내하겠습니다. 냐옹.

햇볕이 따사롭다. 바람은 살랑거리며 코끝을 간질이고 가볍게 흔들리는 해먹은 나른한 안도감과 함께 기분 좋은 졸음을 선사한다. '꽃가루와 같이 부드러운' 털과 '금방울과 같이 호동그란' 눈, '날카롭게 쭉 뻗은' 수염을 가진 내 고양이가 아무런 긴장감 없이 발밑에서 함께 졸고 있는 이곳. 이른 봄에는 노란색 복수초와 크로커스, 수선화와 튤립이 피고 여름이면 한껏 물오른 오색버들이 다섯 가지 빛깔을 뽐내는 곳. 가을에는 변해 가는 푸른 잔디를 온통 갈색으로 뒤덮는 낙엽들의 합창 소리 가득한 이곳에서 나는 계절 내내 신을 느낀다. 나와 함께 호흡하고 함께 노닐고 함께 동면하는 나의 작은 정원, 이곳을 나는 감히 헤르만 헤세가 경험했던 '푸른 여름의 꿈과 같은 신의 정원'이라 불러 본다. 그러다 순간 나의 교만을 깨닫고 하늘의 벌이 두려워 얼른 그 이름을 바꾼다. '헤세의 정원'이라고.

〈정원에서 보내는 시간〉은 내가 2011년 농촌 마을로 귀촌하고 나서 뒤늦게 만난 책인데 헤세의 저서 가운데 가장 아끼는 책이 되었다. 아무것도 없는 메마른 땅에 매일 아침 호미질을 하고 돌을 고르고 흙을 퍼 나르면서 저녁이면 이 책을 읽었다.

서른 살에 결혼하여 자기 집을 갖고 처음으로 정원을 소유했던 헤세. 이른 아침 나가 정원 일을 하고 오후엔 늦도록 글을 쓰며 꽃으로 넘치는 화단과 30그루가 넘는 과일나무를 돌보고, 해바라기 가로수길을 만들었다. 독일과 스위스의 경계에 있는 시골 마을들을 옮겨 다니며 살았던 헤세는 알프스의 혹독한 추위와 온갖 궁핍에 시달리면서도 언제나 정원을 만들고 가꿨다.

쉰네 살이 되었을 때 재산가인 한 친구가 훌륭한 경관을 갖춘 크고 화려한 집을 선물해 주어 헤세는 비로소 넓은 땅에 자신이 꿈꾸는 정원을 꾸릴 수 있었다. 가파르고 돌이 많던 포도밭 지대를 개간하여 해마다 포도를 수확하고, 꽃과 딸기, 채소, 샐러드, 약초 등도 심고 가꿨다. 그곳에서 글을 쓰며 자신이 가꾼 정원을 여러 편의 시와 그림으로 남겼다.

인생에는 여러 가지 어려운 일, 슬픈 일들이 있다. 그래도 때때로 꿈이 현실에서 실현되고 충족되는 가운데 찾아오는 행복이 있다. 그 행복이 결코 오래가지 않는다 해도 그런대로

괜찮을 것이다. 꽃들과 나무, 흙, 샘물과 친해지게 되는 기분,
한 조각의 땅에 책임을 지게 되는 기분, 오십여 그루의 나무와
몇 그루의 화초, 무화과나무나 복숭아나무에 대해 책임을
진다는 기분은 그런 것이다.

-헤르만 헤세 지음, 두행숙 옮김, 〈정원에서 보내는 시간〉, 웅진지식하우스

아마도 이 책을 도시 아파트에서 읽었다면 그저 한 작가의
정원 일에 대한 예찬으로 받아들였을 것이다. 그러나 정원 일을
하면서 읽는 책은 새삼 땅을 경작하는 일의 경건함에 대해 느끼
게 해 준다. 정원, 그곳은 '영혼이 쉴 수 있는 곳'임에 틀림없다.

전원생활을 갑자기 엄청나게 좋아하게 됐어. 산책을 나갔다가
돌아와서 차를 마시는 게 좋아, 그리고 벽난로 불을 쬐며 글을
쓰는 거지.

-캐럴라인 줍 지음, 캐럴라인 아버 사진, 메이 옮김, 〈버지니아 울프의 정원〉,
봄날의책

영국 작가 버지니아 울프도 꽃과 정원을 사랑했다. 〈버지니
아 울프의 정원〉은 그가 1919년부터 1941년 사망할 때까지 머
물렀던 잉글랜드 서식스 '몽크스 하우스'의 집과 정원 이야기다.
버지니아 울프의 소설 대부분이 탄생한 곳이기도 하다. 100여

년 전, '자기만의 방'을 열렬히 꿈꾸던 여성 작가가 이 집에서 보냈던 시간을 번역자는 후기를 통해 되살려 주고 있다.

작가는 아침이면 남편이 가꾼 아름다운 정원이 내려다보이는 침실에서 눈을 뜬다. 창밖의 클레마티스를 곁눈질하며 간단한 아침 식사를 하고 10시쯤 장미와 백일홍이 피어난 정원을 가로질러 글쓰기 오두막으로 걸어간다. 점심시간인 오후 1시까지 글을 쓰고 오후엔 구릉과 목초지를 산책한 후 4시에 차를 마시고 독서를 한다. 남편 레너드와 테라스에서 잔디 볼링 시합을 하고 저녁 식사를 한다. 밤엔 2층 거실에서 시가를 피우며 베토벤을 듣는다. 그는 이렇게 규칙적인 일상을 보내며 장편소설 9편과 단편소설, 비평, 에세이, 일기, 편지 등 수많은 글을 써 냈고 그 돈으로 집과 정원을 가꾸고 자기만의 방을 만들었다.

'몽크스 하우스'는 흰색과 불타는 듯한 주황색의 커다란 백합, 다알리아, 카네이션 등 화사한 꽃들이 배나무, 사과나무, 무화과나무와 어우러진 눈부신 정원이었다. 잔디밭 여기저기에는 금붕어가 헤엄치는 연못들이 있었고 꽃밭과 과수원 옆에는 벌집과 정원 온실들이 있었다. 그 온실에서 갖가지 종류의 선인장과 다육식물이 자랐다. 정원 일은 주로 남편 레너드가 했지만 버지니아도 자주 도왔다. 섬세한 영혼을 가진 이 작가는 정원 일이 주는 순수한 기쁨을 느꼈다고 썼다.

아 내가 얼마나 행복한지, 얼마나 평온한지, L과 함께 지금
이곳에서의 삶이 얼마나 달콤한지. 규칙적이고 정돈된 생활,
정원, 밤의 내 방, 음악, 산책, 수월하고 즐거운 글쓰기.
-캐럴라인 줍 지음, 캐럴라인 아버 사진, 메이 옮김, 〈버지니아 울프의 정원〉,
봄날의책

버지니아 울프의 정원처럼 크고 아름답진 않지만, 그처럼
걸작을 써 내는 작가가 되지도 못했지만, 그가 집과 정원에서
느끼고 감각했던 것들이 마치 내 것처럼 마음에 닿아 온다.

내가 지금 여기서 보내는 이 충족하고 때로는 서러운 시간
들도 언젠가는 꿈처럼 사라질 테지만 나의 정원에서 책을 읽고
음악을 들으며 꽃향기 속에 실려 오는 내 고양이의 코 고는 소
리를 듣고 있는 지금 이 순간만큼은 메르세데스 소사의 노랫말
처럼 '삶에 감사한다'. 내게 많은 걸 주어서. 새소리와 빗소리, 자
연의 소리를 듣고, 한 번씩 교만해지는 내 맘을 겸허하게 만들
어 주는 내 작은 정원과 책방을 가질 수 있으니 '삶에 감사한다'.
(삶에 감사한다, Gracias a la vida. 칠레 가수 비올레타 파라 원곡, 메르세데스 소
사 노래. 메르세데스 소사는 라틴아메리카 민중의 여신으로 불리던 아르헨티나
가수다. 군부독재에 저항하던 그녀의 음악은 아르헨티나 국민들에게 큰 사랑을
받았다.)

정원, 고양이, 그리고 인생 책

불면증을 치료하는 독서 침대, 해먹

정원에서 내가 가장 애착하는 공간을 꼽으라면 단연코 정자에 설치한 해먹이다. 시작은 우연이었다. 캠핑이 취미인 조카가 캠핑 장비를 잔뜩 짊어지고 여행을 왔다. 책방 마당에 텐트를 치고 오두막에는 침낭과 난로까지 가져와 살림을 차리더니 오두막 앞에는 테이블과 의자를 펴 놓고 바비큐를 펼쳤다. 불 앞에 모여 앉아 고기와 소시지를 먹고, 후식으로는 난생 처음 마시멜로를 구워 먹으며 앞마당 캠핑의 진수를 즐겼다.

다음 날 아침 마당 정자에 일명 그물침대, 해먹을 걸고 누워 흔들거리며 쉬는 조카를 보았다. 눈이 부셨다. 이모의 탐심에 조카는 결국 해먹을 그대로 둔 채 돌아갔고, 난 단 한 번도 치우지 않았다. 이토록 편안하고 사랑스러운 정원의 소품이라니.

그 자리는 곧 책방을 찾는 모두가 가장 좋아하는 공간이 되었다. 잠깐 들렀다 가는 이도 찰나의 시간이나마 한 번 누워 보기를 청했고 하룻밤 북스테이를 하는 이들은 바깥에서 보내는 시간 중 가장 오랜 시간을 해먹과 함께했다. 마치 시골 책방의 상징처럼 되어 버린 그 해먹은 3년이란 시간이 지나고서, 수천 명을 받아 안은 후에야 비로소 너덜너덜 올이 풀리고 찢어져 생을 다했다. 우리는 곧 새 해먹을 사다 걸었다. 그때 해먹의 값을 알았다. 3만 원이 채 되지 않았다. 불과 이 돈으로 지난 수년간 책방을 찾은 수천 명 방문객에게 말할 수 없는 기쁨을 안겨 주었다니! 내가 가진 것 중 가장 귀하다.

해먹 위에서 내가 가장 많이 읽는 책은 바로 시집이다. 서사가 긴 책은 도무지 읽어 낼 수가 없다. 여기서 5분만 책을 읽으면 곧바로 스르르 잠이 쏟아지기 때문이다. 흘러가는 구름과 기분 좋게 머리칼을 날리는 실바람, 옆에서 속삭이는 새들의 노래까지, 이곳에는 부족함이란 없다. 더욱이 손, 혹은 발 닿는 거리에 책방 고양이 두 마리까지 함께 누워 있다면 더 이상 바랄 것도 없다. 이런 만족스러움을 만끽하기 위한 허영심으로 나는 시를 읽는다. 누워서 읽는다. 소리 내어 읽는다. 읽던 시집을 배 위에 얌전히 내려놓고 방금 읽은 시를 왼다. 외워 본다.

말린 고사리 한 뭉치

무게를 누군가 묻는다면

하여튼 묻는다면

내 봄날을 살아낸 보람 정도라

답으로 준비한다

곰곰이 생각하여도

그러하였으니까

말린 고사리 두어 뭉치 더 담아서

이름난 백화점 봉지에 넣어서

사랑스런 분에게 주었다 치자

또 받았다 치자

잘 받아서 집으로 돌아가며 그 무게가 궁금은 하겠지만

우리들이 한 해 살아온 보람 정도라고는 생각지 못할 거야

그렇구 말구

말린 고사리

-장석남, 〈뺨에 서쪽을 빛내다〉, '말린 고사리', 창비

이 시는 북스테이를 다녀간 어느 가족에게 받았다. 숲속작
은책방 북스테이를 이용하는 사람들 중 가장 많은 구성이 어린
이를 동반한 3-4인 가족이다. 책 읽는 기쁨을 이제 막 알게 된
어린 자녀가 책이 주는 즐거움을 만끽하게 하려, 혹은 아이들이

아직 스마트폰에, 인터넷에 가까이 다가서기 전에 한발 먼저 종이책과 친해지게 하고 싶은 부모의 마음이다. 부부가 함께 오지 못할 때는 대개 아빠를 빼고 엄마와 아이들이 온다.

아주 가끔 엄마 없이 아빠와 아이들만 북스테이를 오는 경우도 있다. 이 가족이 바로 그런 경우였다. 아빠가 초등학생 남매 둘을 데리고 왔다. 저녁 식사 시간이 되자, 젊은 아빠는 주섬주섬 가지고 온 도시락 보따리를 풀어 놓는데 정성들인 반찬이 통마다 가지런히 담겨 있었다.

"애들 엄마가 책방 선생님들과 같이 먹으라고 싸 주었어요."

북스테이 손님은 저녁 식사를 밖에서 해결하는 경우가 많지만 책방지기와 식사하며 대화를 나누고 싶은 손님들은 먹거리를 준비해 와 우리를 저녁 식탁으로 초대하곤 한다. 특별한 사정이 없다면 한 식탁에서 밥을 같이 먹고 술도 한잔 하면서 이런저런 이야기를 나누는 게 우리의 즐거움 중 하나다.

정갈한 반찬에 내가 지은 따뜻한 밥을 더해 식탁에 둘러앉았다. 고마움의 인사 겸 무슨 사정인지 물었더니 아이 엄마는 항암 치료 중이라는 답이 돌아왔다. 항암 치료를 위해 주말 1박 2일 동안 입원하는데 그 시간에 집에 있지 말고 아이들과 함께 나들이를 다녀오라는 엄마의 배려였던 것이다. 책방에 무척 오고 싶어 했던 엄마는 아무래도 본인이 직접 오지 못할 것 같자 책을 좋아하는 아이들을 위해 예약을 하고 아빠 등을 떠민 것이다.

그런 이야기 속에도 명랑함을 잃지 않는 아이들과 밥숟가락을 들면서 잠시 목이 메었지만 내색을 하지 못했다. 젊은 아빠의 목도 함께 메었을 것이다. 병원으로 떠날 준비를 하면서, 오늘 이 식사를 위해 멸치를 볶고 나물을 무치고 불고기를 볶았을 젊은 엄마의 마음이 애잔하게 다가왔다.

다음 날 돌아갈 때 책을 좋아한다는, 책방에 오고 싶어 했다는 아픈 엄마를 위해 음식에 대한 답례 겸 책을 한 권 선물로 보냈다. 한 달 쯤 지났을 때, 책방으로 편지 한 장이 도착했다. 아이들이 직접 그린 책방의 모습, 책방에서의 즐거웠던 기억을 담은 편지, 그리고 마지막에 책 선물 고마웠다는 엄마의 편지와 함께 '말린 고사리' 시가 적혀 있었다.

말린 고사리 한 뭉치, 누군가에겐 하잘 것 없이 가벼운 것일지 모르지만 그것은 겨우내 얼어 있던 땅을 뚫고 나온 봄의 소식이며 빛의 시간을 온전히 견뎌낸 보람이 아니던가. 그렇게 내게로 와서 살이 되고 피가 된 말린 고사리 한 뭉치. 가슴이 뭉클했다.

당신이 찾는
바로 그 책만 없는 곳

식전 댓바람부터 책방 앞에 택시가 섰다. 아침 8시가 조금 넘은 시간. 설마설마하는 내 예상을 깨고 어르신 한 분이 마당 안으로 성큼 걸어 들어오셨다. 책방 영업시간은 오후 1시부터니 아직 멀었는데 택시를 타고 오신 걸 보니 이웃 주민도 아니고 '무슨 일일까?' 현관을 열고 나가 보니 택시 기사가 목청을 높였다.

"아이고, 이 어르신이 책방 찾는다고 터미널에서 한참 고생하셨슈."

깜짝 놀라 물었다.

"어르신, 책방 찾아오신 거예요?"

"이거 참, 여기가 숲속의 작은책방 맞지유? 백창화 씨?"

어르신은 손에 들고 온 메모 한 장을 펴 보이셨다. 오래된 우편엽서, 거기 이렇게 써 있었다.

정원, 고양이, 그리고 인생 책

'백창화 북 칼럼니스트 괴산 숲속의 작은책방'

안으로 모셨더니 주머니에서 신문지 오린 것을 꺼내며 "이 책 사러 왔는디" 하셨다. 그제야 사연이 이해가 되었다.

당시 나는 〈농민신문〉에 '시골 책방지기의 마음을 담은 책'이라는 책 소개 칼럼을 연재하고 있었다. 매체 특성상 농촌의 삶, 자연과 생태에 대한 책을 주로 다뤘는데 전달에 〈흙의 학교〉를 소개한 글을 보고 책을 사러 여기까지 오셨다는 거다. 음성에서 복숭아 농사를 짓는데 농민신문 애독자로 매달 내가 쓰는 책 소개를 빼놓지 않고 읽는다 하셨다. 그러다 이 책을 소개한 글을 보고는 무작정 책방을 찾아오신 거다. 주소도 모르고 전화번호도 모르지만 괴산 좁은 시골에서 책방 하나 못 찾겠나 싶어 음성에서 괴산까지 첫새벽에 출발하는 차를 타고 오셨다. 괴산 터미널에 내려 서 있는 택시에 타곤 무작정 메모지를 내밀며 여기를 가겠다고 했으니 택시 기사도 황당했을 테다.

다행히도 친절한 시골 택시 기사는 연락망을 통해 괴산 택시 전체에 수소문해 숲속의 작은책방을 아느냐 물었고 먼 곳에서 대중교통으로 책방에 오는 손님들이 택시를 종종 이용하기에 '괴산 북 칼럼니스트 백창화 찾기'는 빠르게 진행될 수 있었다. 택시 기사가 늘어놓는 이런 무용담 끝에 어르신의 결론은 그러니 책을 내놓으라는 것이었다. 아아, 이때 나는 정말 쥐구멍에라도 숨어 버리고 싶었다. 왜 책방에 이 책이 없는 거냐고, 왜!

작은 책방은 '당신이 찾는 바로 그 책만 없는 곳'이라지만 이건 최악이 아닌가. 음성에서부터 첫차를 타고 와 마을로 들어오는 버스가 없으니 터미널에서 택시까지 타고 수소문 끝에, 심지어 다시 그 택시를 타고 나가기 위해 바깥에는 기사가 대기하고 있는 마당인데 찾는 그 책이 책방엔 지금 없다.

황망해하는 내게 괜찮다며, 과수 농사를 오래 짓다 보니 흙과 미생물에 관심이 많다며 책은 우편으로 보내라 하고 책값을 치르고 가셨다. 음성에서 괴산까지 먼 길을, 또 괴산 터미널에서 책방까지 왕복 택시비 2만 원을 넘게 쓰고도, 차 한잔 대접하겠다 하니 택시가 기다리고 있어서 얼른 가야 한다며 사양하시고 다시 온 길을 되짚어간 농부 할아버지의 뒤를 바라보며 죄송해서 어쩔 줄 몰랐다.

며칠 후, 어르신은 전화를 해서 필요한 책 몇 권을 더 불러 주셨고 책방지기는 소박한 선물 몇 개를 함께 담아 우편을 보냈다. 계절이 몇 번 바뀌고 농사 일손이 조금 여유로운 어느 날, 다시 마당 앞에 택시 한 대가 와서 섰다. 어르신이었다. 이번엔 할머니도 동반하고 오셨다.

"이 양반이 신문을 아주 꼼꼼하게 읽고 다 적어 놔유. 여기 책방에도 그새 몇 번을 오겠다고 하는 걸 짬이 없어 못 왔지. 아주 책을 열심히 읽는 양반이거든."

이번엔 붙들어 모셔 놓고 정성껏 차를 준비해 내드렸다. 메

정원, 고양이, 그리고 인생 책

모지에 필요한 책을 한가득 적어 오셨지만 역시 단 한 권의 책도 없는 '이 망할 놈의 작은 책방'. 괜찮다고, 급한 것도 아니고 지난번처럼 우편으로 받으니 좋다고, 하루 몇 번 없는 버스 시간 맞춰야 하니 얼른 일어서겠다고, 두 분은 뜨거운 차를 한입에 털어 넣고 훌훌 일어나 가셨다.

〈농민신문〉 칼럼 연재는 2016년부터 월 2회씩, 4년여를 이어갔다. 도시에 살며 본 적이 없는 낯선 신문이었기에 처음엔 가볍게 생각한 게 사실이었다. 그러나 구독자도 많고 특히 농촌 지역 독자들은 열독률도 높아서 글이 게재된 다음엔 전화도 자주 받았다. 내가 글을 기고했던 어떤 매체보다도 독자 피드백이 활발했는데 책을 사고 싶다고 연락하는 분들이 대부분 컴퓨터와는 거리가 먼 농부 할아버지들이었다. 책을 소개하는 지면에 출판사 전화번호를 명기하고 있기에 나처럼 시골 농부들의 문의 전화를 받았다는 출판사 연락도 종종 왔다.

농촌 지역에는 서점이 별로 없다. 한국서점조합연합회의 분석에 따르면 전국 기초지방자치단체 중 서점이 한 군데도 없는 서점 소멸 지역이 2019년 기준으로 5곳(인천 옹진군, 전남 신안군, 경북 영양군, 울릉군, 경남 의령군), 서점이 단 한 곳뿐인 '서점 소멸 예정 지역'도 총 44곳이나 된다('지역서점 현황조사 및 진흥정책연구'-한국출판문화산업진흥원, 2019.12). 내가 살고 있는 괴산군도 그중에 속해 있다.

그러니 농촌 지역 시골 마을에 살고 있는 이들이 원하는 책을 얻기는 쉽지 않다. 이런 도농 간, 세대 간 정보격차를 해소하기 위해서라도 군 단위, 면 단위 농촌 지역에 서점 설립을 권장하고 그나마 우리처럼 문을 열고 있는 서점들이 생존할 수 있도록 지자체에서 정책 지원을 하는 것은 너무나 당연한 일이라 여겨진다. 그러나 서울과 경기도 등 대도시에서 일어나고 있는 서점 지원책이나 조례 제정 등의 활동이 이곳 괴산 오지에까지 이르는 데는 아직도 긴 시간이 필요할 것만 같다.

정원, 고양이, 그리고 인생 책

책방 단골 독자 중엔 유독 관내 학교 교사들이 많다. 그날도 책방 단골인 초등학교 선생님께 전화가 왔다.

"오늘 퇴근하고 선생님들 여러 명이랑 같이 갈게요."

저녁 5시. 선생님들이 우르르 몰려왔다. 선생님 한 분이 정년퇴임을 하는데 동료 교사들이 특별한 선물을 준비했다고 한다. 책방에 둘러선 채 선물 증정식을 하는데 하얀 봉투가 한 장. 열어 보니 이렇게 써 있었다.

"○○○선생님 전용 숲속작은책방 책 교환권(금 이십만 원 정)"

십시일반 돈을 모아 원하는 책을 골라갈 수 있는 책방 상품권을 만들어 선물한 것이다. 증정식에 이어 퇴임하는 선생님을 후배 교사들이 한 명 한 명 따뜻하게 안아 드리며 제2의 인생을 설계할 수 있는 은퇴자가 되었음을 축하해 주었다. 지켜보는

책방지기 마음에도 따뜻함이 흘렀다.

　돈을 모아 어떤 선물을 했어도 좋았겠지만 은퇴 후 여유 있는 시간, 그 첫걸음을 책과 함께할 수 있게 해 준 동료들의 배려가 얼마나 따뜻한가. 선생님은 동료들의 이런 마음을 받아 들고 기뻐하며 기념으로 책방지기에게 첫 책을 골라 달라고 하셨다. 주저 없이 나는 세 권으로 된 두툼한 책을 집어 건넸다.

　책방지기 인생에 아주 소중한 감동을 전해 주었던 책, 〈나는 걷는다〉였다. 프랑스 저널리스트 베르나르 올리비에는 은퇴 후 심한 우울증에 사로잡힌다. 아내와도 사별했고 이제는 세상에 쓸모없는 사람이 되었다는 자괴감에 시달린다. 삶의 우울을 걷어 내기 위해 그가 선택한 건 실크로드 횡단의 여정이었다. 예순두 살 나이에 이스탄불에서 시안까지 1만 2000킬로미터를 두 발로만 걸어서 완주했던 4년간의 기록이 책 세 권으로 묶였다. 처음 책을 발견했을 때는 선뜻 읽기 시작하기가 어려웠다. 한 권이 무려 500쪽이나 되는 두꺼운 책. 게다가 여행기라고 하면 아름다운 정경들을 사진이나 이미지로 담기 마련이라 대개 글 반 사진 반인데, 이 책은 사진이나 그림이 한 장도 없고 글만 빽빽하다. 그러나 이 책을 읽은 뒤 어떤 여행기도 나를 감동하게 만들지 못했다.

　책은 그의 여정을 고스란히 따라간다. 과연 내가 실크로드, 사막의 길을 걸어 낼 수 있을까 망설이듯이 주저하며 책의 첫

장을 넘겼다. 여전히 반신반의하며 페이지를 넘기다 보니 어느새 1권이 끝났고 나는 숨이 찼다. 먹먹한 감동에 2권을 집어 들었다. 2권을 읽어 내는 일은 고통이다. 하지만 어려움을 떨치고 3권으로 향해야만 한다. 마지막 권, 마지막 장을 덮을 때 나는 이미 그와 함께 모래폭풍 휘몰아치는 사막을 거쳐 쓰러지듯 내 집에 다다랐다. 비로소 내 삶이 하나의 경계를 넘어왔다.

> 사람들이 바다에 병을 던지듯, 나는 실크로드에 나를 던졌다. 존재하기 위하여. 사람들은 나에게 이렇게나 먼 곳에서 무엇을 찾을 거냐고 물었다. '살아남을 이유'라고 대답할 수 있을까? (…) 나는 가야만 했다. 살아 있는 한, 인간은 가야 하니까.
> -베르나르 올리비에 지음, 고정아 옮김, 〈나는 걷는다〉, 효형출판

인생 2막을 기약하는 이들에게 나는 언제나 이 책을 골라 준다. 과거를 묻고 새 삶을 시작하고픈 이들, 쉼 없이 달리는 것으로 존재감을 확인하다 문득 멈춰 서게 된 퇴직자들, 그들에게 나는 새로운 시작을 이 책과 함께 하라고 권한다. 책은 때로 직접 하지 못하는 것들을 대신해 주는 고마운 조력자다.

저자는 60세가 넘어 실크로드를 걸었지만, 아직 그 나이에 미치지 못한 나는 앞으로도 절대 실크로드를 걷지 못하리라 생각한다. 대신 세 권의 책을 통해 나만의 실크로드를 걷는다. 어

쩌면 야비한 방법이지만 독서란 그런 것이 아닌가. 그러나 은퇴한 선생님이 이 책을 읽고 당장 배낭을 꾸린다고 해도 나는 놀라지 않을 것이다. 독서란 또한 그런 것이기 때문이다.

이른 아침, 바깥에서 일하던 남편이 황급히 뛰어 들어오며 아직 한밤중인 나를 깨운다.

"나와 봐, 부산 할머니 오셨어."

부산에서 우리 마을로 이사 오셨기에 우리가 부산 할머니라고 부르는 분이 오신 것이다. 할머니는 우리 마을에서 가장 연세가 많다. 전원생활을 하는 게 소원이었던 할머니는 할아버지와 함께 마지막 여생을 보내려 귀촌을 준비하셨는데 입주를 얼마 앞두고 할아버지가 돌아가셨다. 자식들은 입주를 취소하려 하였으나 할머니는 평생 꿈이었던 전원생활을 포기할 수 없어 일흔이 넘은 연세에 혼자 입주를 하셨다. 마침 입주 초기에 내가 마을 부녀회장을 맡았기에(네, 저 이런 것도 해 본 사람입니다) 할머니댁을 드나들며 대화를 나눌 기회가 있었다.

그때 할머니 취미가 꽃 가꾸기와 독서라는 걸 알게 되었다. 성격이 깔끔해서 주변에 폐 끼치는 걸 싫어하는 할머니는 이웃과 마주 앉아 얘기 나누는 걸 즐기지 않으셨다. 늘 혼자 텃밭을 가꾸고 정원을 가꾸고 그리고 남는 시간이면 바느질과 독서로 소일하신다. 할머니가 마을에서 유일하게 나들이를 하는 곳이 우리 책방, 우리가 도서관을 운영했던 걸 아셔서 할머니는 언제나 나를 '도서관댁'이라 부르신다.

집에 읽고 있는 책이 떨어지면 가끔 책을 빌리러 오곤 하셨는데 그때마다 나와 책 이야기를 나누는 게 큰 즐거움이라 하셨다. 할머니가 즐겨 읽는 책은 공자, 노자 같은 동양 고전. 〈열하일기〉도 여러 번 읽으셨고 영정조 시대 역사 이야기도 좋아하지만 한편으로는 루소의 〈에밀〉과 에리히 프롬 〈사랑의 기술〉도 재미있어서 벌써 몇 번째 거듭 읽고 계신다고 했다.

가끔 한 손에 지팡이를 짚고 다른 한 손엔 검은 비닐봉지를 들고 오시는데, 아침에 딴 오이, 가지, 상추 같은 것들이 그 안에 들었다. 할머니가 오시지 않을 때는 소식이 궁금해 한 번씩 할머니가 좋아할 만한 책을 챙겨 들고 배달을 가기도 한다. 그러면 할머니는 모아 두었던 꽃씨도 주시고 삽목할 수 있는 꽃가지도 꺾어 주신다. 57가구가 사는 우리 마을에서 가장 책을 많이 읽는 독서가가 여든 넘은 할머니라는 사실이 가슴 찡하다.

남편의 닭달에 어수선한 머리를 챙겨 묶고 마당에 나가니

그날은 아침에 수확한 쪽파를 한 봉지 가득 담아 오셨다. 그리고는 요새 뭐 좀 읽을 만한 책이 있나 물으신다. 지난번에 〈월든〉을 재미나게 읽었다 말씀하셨기에 〈대지의 선물〉을 한번 읽어 보시라 권해 드렸다.

지난번엔 허리를 다쳐서 오래 누워 계셨던 할머니. 가끔 나가던 장에도 가기 싫고 간신히 책방에 오는 것 외에는 통 외출도 하기 싫다며 "사는 게 왜 이리 긴지…" 한숨을 쉬시곤 쪽파 대신 책 한 권 담긴 검은 비닐봉지를 들고 휘적휘적 걸어가셨다.

그 뒷모습이 어찌나 애잔하고 쓸쓸한지. 아무리 많은 책을 읽어도 삶이란 쓸쓸하기 짝이 없고 주변에 가족과 이웃들이 있다 해도 한 권의 책을 읽고 진정으로 마음을 나눌 이는 적다.

볕 좋은 어느 날, 할머니와 나이가 비슷한 친정엄마가 놀러왔다. 두 분은 지난 겨울, 날 풀리면 같이 소풍 한 번 가자고 약속하셨다 한다. 나는 못난 솜씨지만 주먹밥 몇 개와 따뜻한 보리차를 담아 도시락 보따리를 내어 드렸다. 소풍 길 나서려고 지팡이 짚고 오신 할머니는 오랜만의 나들이에 마음이 너무나 설렜다며 들뜬 목소리로 천상병 시인의 '귀천'을 외우신다.

하늘로 돌아가리라, 아름다웠더라고 말하리라, 상기된 얼굴로 할머니가 외는 시 '귀천'은 왜 이리 맑은가. 지팡이를 짚고, 허리가 구부러진 할머니 둘이 황혼의 소풍이라며 도시락 들고 마을 위로 걸어가는 뒷모습이 너무 아름답고 또 서러워서 한참을 바라보았다. 지금, 할머니는 당신 집 마당을 벗어나지 못한 지 한참 되었고 구십을 훌쩍 넘긴 친정엄마 또한 괴산 나들이가 자유롭지 못하다. 아아, 괴산으로 귀촌한 지 10년 세월이 눈앞에서 이렇게 흘러갔다.

정원, 고양이, 그리고 인생 책

"괴산에 와서 살아가며 가장 소중한 곳이 어디냐고 물으면 망설임 없이 '숲속작은책방이요'라고 대답해 왔는데 소중한 이유가 또 하나 더해졌다. 책방에 와서 내 인생 책을 찾았다고 하는 아이, 가장 좋아하는 애니메이션의 한 장면을 지금 자신이 살고 있는 것 같다는 아이, 이렇게 저렇게 아이들의 마음 깊은 곳을 건드려 준 책방에서의 하룻밤이 너무나 소중하다."

얼마 전 학교 북클럽 어린이들과 책방에서 북스테이를 하고 간 초등학교 선생님이 남겨 주신 글이다.

시작은 이랬다. 초등 6학년인데 문해력이 많이 떨어지고 도통 독서의 힘을 기르지 못한 한 친구를 선생님이 안타깝게 여겨 특별 지도에 나섰다. 아이와 매일같이 그림책을 읽고 이야기를 나누고 간단한 느낌도 써 보게 했다. 책과 친해질 수 있는 특

45

별한 계기를 만들어 주기 위해 선생님은 그 친구를 책방에 데리고 와서 직접 맘에 드는 책을 골라 보게도 했다. 어렵게 책을 한 권 선택한 아이에게 나는 책방 공책을 한 권 선물로 주었다. 책을 읽을 때마다, 그림을 그려도 좋고 한 줄 평도 좋으니 어떤 내용이든 기록해 공책을 끝까지 채워 오면 상을 주겠다고 약속했다. 책의 종류와 내용은 상관없으나 반드시 한 페이지에 한 권이어야 하고, 의미 없는 낙서는 안 된다고 했다.

책방에 오는 친구들에게 종종 내거는 약속이다. 한 권의 공책을 책 읽은 소감으로 가득 채워 오기. 미리 말해 줄 수는 없지만 분명한 건 '무엇을 상상하든 그 이상'의 상품을 준비해 놓고 있겠다며 과장 광고도 한다. 아이들은 반짝 호기심을 보이긴 하지만, 여태껏 단 한 명도 공책을 채워 온 친구가 없는 걸 보면 이런 호들갑도 별 효과는 없는 것 같아 슬프다.

그런데 보면 졸음부터 오고, 무슨 말인지 도통 이해를 할 수 없어서 책이 보기 싫다던 친구가 그 어려운 숙제를 해냈다.

"선물 준비하셔야겠어요."

선생님의 전화를 받고 번쩍 정신이 들었다. 무슨 선물이 좋을까, 고민하는 우리에게 선생님은 책에 재미를 붙인 김에 하룻밤 책방에서 북스테이를 하면 좋을 것 같다고 하셨다. 맙소사, 정말 상상 이상의 선물인걸. 그렇게 해 주면 선생님이 이 친구와 함께 북클럽을 하는 다른 친구들까지 모두 데리고 북스테

정원, 고양이, 그리고 인생 책

이를 오겠다고 해서 상으로 '북스테이 일일 숙박권'을 준비했다. 선생님과 책방지기가 미리 각본을 맞춘 걸 모르는 아이는 의외의 선물을 무척 좋아했고 이렇게 해서 6학년 네 친구가 책방에서의 하룻밤을 보내게 되었다.

책방지기에게 최초로, 소중한 약속을 지킬 수 있게 해 준 이 친구의 독서 노트. 글씨는 흙바닥에 개미가 그린 그림처럼 자유로움 그 자체였으나 한 장도 건너뛰거나 대충 지나가지 않았고, 짧더라도 매 페이지를 책 한 권 읽은 감상과 기록으로 공책을 채웠다. 선생님도 처음엔 기대하지 않았는데 아이가 목표를 갖고 그렇게 열심히 하는 걸 보고 내심 놀랐다고 한다. 적절한 동기 부여, 그리고 애정 어린 관찰과 격려가 한 아이에게 새 세상을 열어 준 셈이다.

다음 날 아침, 책방에 출근했더니 아이들이 밤새 한 권씩 고른 책을 들고 다가왔다. 그중 한 친구가 들뜬 얼굴로, 어젯밤 이곳에서 자기 인생 책을 발견했다며 그림책 한 권을 내밀었다. 〈내 마음은〉이라는 책이다. 창문이 되기도 하고 미끄럼틀이 되기도 하고 어떤 날은 물웅덩이, 또 어떤 날은 얼룩이 되는 내 마음에 대한 이야기를 담고 있다.

32쪽에 불과한 짧은 글과, 페이지를 가득 메운 그림들 속에서 그 아이가 보고 듣고 느낀 건 무엇이었을까? 과연 무엇이었기에 밤새 그 책을 품에서 놓지 않고 오늘 최초로 내 인생의 책을 만났다며 소중히 보듬어 안고 돌아갔을까? 이 아이에게 6학년이 무슨 그림책이냐며 면박을 주고 두꺼운 소설책을 읽으라 권했다면 아이는 인생 책을 만날 수 있었을까? 무엇보다, 초등학교 6학년 시절 작은 책방에서 친구들과 하룻밤을 지내고 내 인생의 책 한 권을 만났던 아름다운 기억은 그 아이 삶에 어떤 나비효과를 가져다줄 수 있을까? 한 권의 그림책은 누군가에겐 단순히 한 권의 그림책 그 이상이기도 하다.

정원, 고양이, 그리고 인생 책

숲속작은책방에선 손님들 덕에 가끔 미니 낭독회, 혹은 시 낭송회가 열리고 즉석 연주회가 열리기도 한다. 책을 사이에 두고 이런저런 이야기를 나누다 보면 처음 만난 낯선 이들끼리 한자리에 어울려 앉고, 분위기가 무르익으면 누군가 슬며시 시 한 편을 외기도 한다.

그날은 여고 동창이라는 중년 여성 셋이 찾아와 이런저런 이야기를 나누었다. 그 가운데 한 명이 애견 가족이라 해서 얼마 전 내 맘을 울린 책 한 권을 읽어 보라 권했다.

"네가 한번 낭랑한 목소리로 읽어 봐. 다 같이 들어 보자."

친구의 제안에 한 친구가 책을 읽기 시작했다.

우리 집엔 할머니 한 마리가 산다. 할머니는 나보다 나이가 두 배나 많다. 할머니의 시간은 나보다 일곱 배나 빨리 간다.
할머니는 개다. 그것도 아주 늙은 개다.

-송정양 글, 전미화 그림, 〈우리 집엔 할머니 한 마리가 산다〉, 상상의집

책은 오랫동안 함께 살았던 반려견의 죽음에 대한 이야기
다. 함께 사는 내내 기쁨이었던 반려견이 수명을 다해 점차 생
명이 꺼져 가는 과정이 동물의 이야기가 아니라, 마치 늙어가
는 내 엄마에 관한 이야기처럼도 읽힌다. 어느새 책을 읽어 가
는 친구의 목이 메고, 곁에서 낭독을 듣고 있던 친구가 갑자기
폭풍 눈물을 흘리기 시작했다. 자신이 떠나보낸 반려견, 그리고
아직 곁에 남아 점점 늙어 가고 있는 또 다른 식구 생각에 왈칵
울음이 터져 버린 것이다. 눈물은 전염이라 책을 읽고, 또 들으
며 그 자리에서 우리는 함께 울었다. 생전 처음 보는 사람들이
함께 앉아 펑펑 울었다.

다 큰 어른들이 그림책을 읽으며 같이 운다는 것, 그래도 흉
이 되지 않는 공간. 말로 미처 하지 못했던 내 안의 감정들이 무
언가에 공명해 밖으로 터져 나오고, 그 감정은 다시 옆 사람에
게 전이되고, 그래서 다 함께 감정의 카타르시스를 경험하는, 이
런 일련의 과정이 책방에서는 자주 일어난다.

"할아버지, 사람이 사랑 없이 살 수 있어요?"

정원, 고양이, 그리고 인생 책

"그렇단다."

할아버지는 부끄러운 듯 고개를 숙였다. 갑자기 울음이 터져

나왔다.

-에밀 아자르 지음, 용경식 옮김, 〈자기 앞의 생〉, 문학동네

소설 〈자기 앞의 생〉에서 열네 살 소년 모모가 깨달은 삶의
비밀, 그것은 세상은 사랑하지 않고도 꾸역꾸역 삶을 살아 내
는 사람들로 가득하다는 것이었다. 이 소년의 눈물을 다시 생각
나게 한 것도 한 권의 그림책이었다.

〈하늘을 나는 사자〉는 책방에 방문한 이들에게 자주 읽어
주었던 책 중 하나다. 그림책 속 사자는 '멋진 갈기와 멀리까지
울리는 우렁찬 목소리를' 가졌다. 사자와 한동네 사는 고양이들
은 날마다 멋진 사자를 보러 왔고 사자는 뭐라도 대접하고 싶은
마음에 땅을 박차고 날아 먹잇감을 잡아 온다.

"이야, 역시 사자야."

눈을 동그랗게 뜨고 침을 묻혀 가며 사자가 요리한 음식을
맛있게 먹은 고양이들은 매일매일 찾아와 당연하다는 듯 고기
를 받아먹는다. 고양이를 즐겁게 하기 위해 시작한 일이 힘겨운
노동이 되고, 사자는 점점 푸른 어둠 속으로 가라앉는다.

"오늘은 낮잠을 좀 자야 해."

몹시 피곤해진 사자가 겨우 말을 꺼냈을 때 고양이들은 이

를 농담이라 여기며 마구마구 웃어 댔고 머쓱해진 사자는 힘든 몸을 일으켜 다시 땅을 박차고 하늘로 날아올라 먹잇감을 구해 왔다.

"아아, 힘들다."

고양이들이 아무 생각 없이 웃고 떠들며 맛있게 먹고 돌아 간 그날 밤, 사자는 홀로 웅크리고 앉아 오랫동안 울었다.

페이지를 넘길 때마다 고양이들은 의기양양 웃고 있지만 사 자의 황금 갈기는 푸르게 죽어 간다. 그리고 마침내 그 덩치 큰 사자가, 힘껏 하늘을 날던 사자가 좁은 방에 쪼그려 앉아 오래 오래 울고 있을 때 책을 읽는 우리들 마음속 뭔가가 툭 하고 터 져 버린다.

어제도, 오늘도 내 주위를 맴돌던 고양이들을 생각한다. 끝 도 없이 내게 먹잇감을 가져오라 재촉하던 그들을, 상처받은 몸 으로 철철 피를 흘리며 날고 또 날다 끝내는 심장이 돌처럼 딱 딱하게 굳어 버렸던 내 안의 사자를. 그러나 동시에 누군가에게 고양이였을 나 자신도 돌아본다. 사자가 어두운 방에서 홀로 울 고 있을 때 손잡아 주지 못했던 나를, 마지막 힘을 다해 날아오 르려다 결국 돌이 된 사자 곁에 망연자실 서 있던 나를, 그러고 도 책 속 고양이들처럼 무엇을 잘못했는지 알지 못했던 나를.

함께 책을 읽다 보면 어떤 이는 내면의 사자를 발견하곤 그 만 눈물을 떨구고 만다. 또 어떤 이는 끝도 없이 먹이를 요구하는 자신을 위해 새벽길을 걸어 나가던 처진 어깨의 사자를 떠올리곤 고개를 떨군다.

황금빛 돌이 되어 버린 사자는 오랜 시간이 흐른 후, 어떻게 되었을까? 책을 끝까지 읽다 보면 그래도 우리에게 돌이킬 기회가 있다는 걸 알게 된다. 내 안의 딱딱했던 사자를 일으켜 깨울 한마디가 간절히 필요한 지금, 더 이상 어린애가 아니게 된 〈자기 앞의 생〉의 모모는 이렇게 속삭여 준다.

"사랑해야 한다."

정원, 고양이, 그리고 인생 책

어린 나는 이웃집 골방에 앉아 있었다. 부유했던 그 집엔 내 또래 아들 형제 둘이 있었고 마루 옆 골방엔 새로 들여놓은 전집이 가득했다. 나는 저녁 밥때가 되어도 집에 갈 줄 모르고 골방에 더 이상 볕이 들지 않아 어두컴컴해질 때까지 책을 읽었다. 아주머니가 내게 밥을 같이 먹자고 하는 것도 싫었고, 밥 먹으러 집에 가라는 것도 싫었다. 그냥 그대로 머물러 계속 책을 보고 있으면 안 될까? 그런 날, 집에 오면 어김없이 엄마한테 싫은 소리를 들었고 어린 나는 식사 시간에 도대체 왜 이웃집에 있으면 안 되는 건지 이해할 수가 없었다. 내가 엄마가 되어 아이가 친구들을 집에 데리고 올 나이가 되자 비로소 엄마의 잔소리를 이해했다. 서운하기만 했던 이웃집 아주머니의 불편함도 이해했다.

그때 골방에서 읽었던 아문센과 리빙스턴, 스콧. 개썰매를 타고 남극을 달리던 영웅들의 모습은 아직도 내 마음 속 명장면으로 남아 있다. 어쩌면 지금, 넓은 세상에 대한 호기심을 버리지 못하고 세상 이곳저곳, 낯선 곳들을 여행하기를 즐기는 나의 모험심은 골방 속 소녀로부터 태어난 꿈이었는지도 모른다.

우리 세대 사람들이 대개 그렇듯 내게 첫사랑 같은 설렘을 안겨 주었던 세계 명작들이 있다. 〈빨강머리 앤〉, 〈키다리 아저씨〉, 〈소공녀〉, 〈작은 아씨들〉 같은 추억의 명작들. 책 속에서 주인공들은 모두 어렵고 힘든 시간을 보냈고 그러나 시련의 끝에는 해피엔딩이 있었다. 그들처럼 가난이 보편이던 시절, 어려웠던 우리들은 앤과 주디와 세라, 조와 자매들을 통해 힘든 일상에서도 웃음을 잃지 않는 법을 배웠다.

그중에서도 내 마음에 가장 강렬한 인상을 남긴 책은 〈소공녀〉였다. 공주처럼 태어나 천성이 기품이 있고 우아하던 소녀, 어린 나이에 밑바닥으로 내동댕이쳐져 다락방의 하녀로 지내면서도 타고난 기품을 잃지 않던 세라는 내게 강렬한 동경이었다. 이 소녀에겐 내가 절대 가질 수 없는 것이 있었기 때문이다. '타고난' 것. 살면서 배워 간 것이 아니라 태어날 때부터 지니고 있었던 고귀함. 어른이 되었을 때 나는 이런 고귀함을 갖고자 얼마나 애를 썼던가. 그러나 주위를 울릴 만큼 커다란 내 목소리, 수줍음보다는 뻔뻔함을 깔고 있는 호탕한 웃음소리, 절대로 가

정원, 고양이, 그리고 인생 책

려지지 않는 내 거친 손가락에 배어 있는 도시 빈민의 누추함은 벗어날 수가 없었다. 작은 아씨들의 조, 키다리 아저씨의 주디는 내가 노력하면 가질 수 있는 현실일 수도 있었지만 세라의 고귀함은 그렇지 않았다.

위대한 문학이나 예술을 보면 대개 조와 주디처럼 진흙 속에 피어난 연꽃을 기리는 경우가 많다. 산다는 건 고통의 무간지옥이며, 시련을 참고 이겨 낼 때 진정한 인간이 된다는 게 우리가 받들어 온 삶의 교훈이다. 시련은 늘 참을 만한 것, 고귀한 것으로 묘사되곤 한다. 그러나 어른이 되어 만났던 한 작가로부터 이런 고정관념을 깨 버리는 이야기를 들었다. 한때 베스트셀러 작가이자 정치가로 시대를 풍미했던 그와 '나의 어머니'라는 주제로 인터뷰를 했다. 그의 어머니는 멋쟁이 신여성으로 젊은 시절 명동을 드나들던 문화예술인들의 뮤즈였다. 어머니가 늘 들려주던 잊을 수 없는 말은 이런 것이다.

"시련을 즐기지 말라. 시련은 흔히 사람을 단단하게 만든다고 하지만 시련은 사람을 깎아내리고 거칠게 하고 고통을 남길 뿐. 애써 시련을 거둘 필요는 없다. 나는 네가 시련 없는 행복한 삶을 살기를 원한다."

불안정한 젊음과 해답 없는 미완의 청춘으로 방황과 고통의 터널을 통과하던 내게 이 말은 추운 겨울 아침, 눈앞에서 쨍하고 부서지는 햇빛마냥 명징한 언어로 다가왔다. 그동안 삶은 원래 고통스러운 것이며 시련은 고귀한 것이라 교육받았다. 현실을 살아 낼 동력을 잃어버릴까 봐 애써 시련을 미화하고 자기 합리화를 하며 사는 게 인간 아닐까, 하는 생각을 하게 한 '사실 시련이란 없을 때 가장 이상적인 것'이라는 이 말을 나는 뗄 수 없는 삶의 화두로 여겼다.

어린 아들에게 그 말을 해 주던, 젊을 때 혼자되어 아들 하나를 키우면서도 품위와 자존을 잃지 않았던, 그러나 말할 수 없는 시련과 고통으로 점철되었을 한 여성의 삶을 생각했다. 하지만 성인이 된 아들이 걸었던 길은 어머니 바람과 달리 순탄치 않아 인생의 우여곡절을 겪었다. 삶이란 역시 그런 것이니 말이다.

정원, 고양이, 그리고 인생 책

너무나 읽을 책이 없어서 갈증에 허덕였던 어린 시절과 달리 중학교 시절은 내 독서 인생의 황금기였다. 이때 내 앞에 놓였던 책들이 인생의 토대를 깔아 주었다고도 할 수 있다.

　내가 다녔던 중학교는 여고와 붙어 있었는데 중학교를 점차 없애고 고등학교만 남길 계획을 세워 한 학년에 다섯 반밖에 안 되는 작은 학교였다. 대신 여고와 붙어 있는 건물, 학습 시설, 운동장과 강당까지 모든 걸 공유했다. 도서실 역시 마찬가지였다. 고등학교와 같이 사용한 도서실은 당시에는 흔치 않은 개가식으로 서가 사이를 마음껏 돌아다니며 온갖 책들을 직접 보고 고를 수 있었다. 이어서 진학했던 여고와 대학마저도 폐가식 도서관이라 사서를 통해서 책을 신청한 뒤에야 받아서 만지고 볼 수 있었던 시대였으니 얼마나 혁신이었는지 알 수 있다. 한마디로 내게 천국의 문이 열린 것이다. 이런 이유로 학창시절을 통틀어 내가 가장 좋아했던 학교, 잊지 못할 학교, 그러나 졸업 후 끝내 없어지고 고등학교도 타 지역으로 이전해 기억할 교정을 잃어버린 아쉬운 모교가 바로 그 중학교다. 중학교 3년을 살았던 그 시절의 효자동과 적선동, 사직동은 내 삶에 가장 아름다운 '소녀시대'다.

정말로 많은 책을 읽었다. 뜻도 모르면서 세계문학 전집 50권을 읽었다. 단순히 활자를 '읽었다'는 사실로 독서를 이야기할 수 있다면 그때 나는 톨스토이도, 도스토옙스키도, 고리키와 에밀 졸라, 카프카와 가와바타 야스나리도 모두 읽었다. 하지만 진정으로, 가슴으로 읽었던 책은 헤세와 지드였다. 그 둘은 내게 세속을 버리고 보다 고상한 가치, 종교에 헌신하라 명령했다. 이광수 소설에도 열광했었다. 무릇 배운 자란, 민중 속으로 들어가 그들을 교화하고 깨워야 한다는 그의 계몽주의가 남녀의 사랑 사이로 뒤엉켜 내게 역사적 소명감을 심어 주었다.

그리고 그때, 전집 중에 섞여 있던 다자이 오사무의 〈사양〉에서 '모든 인간은 사랑과 혁명을 위해 태어난다'는 잊지 못할 한 문장을 만났다. 그 글을 읽고 주인공처럼 '혁명가의 아내'가 되기를 꿈꾸었던 열네 살 중학생이라니.

지금 책방에는 책을 좋아하는 어린이와 청소년이 많이 온다. 어린 시절, 내게도 이렇게 손 붙잡고 도서관과 서점에 데려

정원, 고양이, 그리고 인생·책

가 줄 누군가가 있었더라면 얼마나 좋았을까. 아니 그런 책공간들이 집 근처에 있었다면, 책 읽는 소녀 '마틸다'에게 친구가 되어준 '하니' 선생님 같은 이가 내 곁에 있었다면, 그랬다면 오늘의 나는 조금 다른 내가 될 수 있었을까. 그러다 문득 부끄러워진다. 어른이 된 나는 책방을 찾는 많은 마틸다에게 하니 선생님 같은 이가 되고 있는가 되묻는다.

10년 넘게 일산과 마포 성미산에서 가정문고와 '숲속작은도서관'을 운영하며 작은 도서관 활동을 해 왔기에 내 곁을 지나간 아이들의 숫자는 셀 수 없이 많다. 그 아이들 인생에 숲속작은도서관은 얼마나 의미 있는 공간이었을까 가끔 생각해 본다.

괴산으로 오고 얼마 되지 않았을 때 일이다. 내가 운영하는 블로그에 댓글 하나가 달렸다.

"선생님, 저 ○○이에요."

초등 시절을 숲속작은도서관에서 보냈던 아이가 고등학생이 되어 인터넷에서 책방 소식을 보고 연락을 해 온 것이다. 학교를 마치면 도서관에 와 엄마가 퇴근하고 데리러 올 때까지 몇 시간이고 한자리에 앉아 책을 보던 아이였다. 그렇게 여러 해를 함께하다 멀리 이사를 가는 바람에 연락이 끊겼는데 괴산에서 책방을 열었다는 소식을 보고 블로그에 글을 남겼다. 그리고 저 혼자 버스를 타고 괴산까지 찾아왔다. 초등학교 때 숲속작은도서관에서 책을 보면서 작가가 되기를 꿈꿨다며, 자신에게 꿈을 알게 한 곳이었다고 한참을 재잘거리다 돌아갔다. 여러 해가 지나 북스테이를 신청해서 다시 온 그 아이는 결국 대학 국문과에 진학을 했고, 서점에서 일하는 게 꿈이라는 같은 과 친구와 함께였다. 그 아이를 볼 때마다 가슴이 울렁거린다. 아, 나의 작은 도서관은 지금 문을 닫았지만 10년의 시간이 허공 중에 사라져 버린 것은 결코 아니었구나 하는 생각이 든다.

책방이 널리 알려지면서 역시 아주 오랜만에 도서관 회원이던 엄마와 연락이 닿았다. 도서관에서 열심히 독서 모임을 하던 큰딸이 미술대학에 진학했다고 소식을 알려 왔다. 독후감을 쓸 때마다 가득 메운 원고지 한편에 그림 낙서를 해 놓은 걸 보고 "너는 미술을 전공하면 좋겠다"라고 내가 한 말이 계기가 되었다고 한다. 아무런 꿈이 없던 아이에게 동기를 심어 준 그 시간을 딸은 잊지 않았다고 했다.

내게는 기억 속에서 이미 사라진 말이었다. 물론 그 아이의 그림이 좋아서 그런 말을 했겠지만 내가 우연히 던진 말 한마디가 한 아이의 진학을 결정지었다니. 도서관과 그 안에서 만난 선생님이 꿈을 그리게 하는 계기가 되었다는 사실은 참으로 고맙지만, 한편으로는 가슴이 철렁 내려앉는다. 아이들을 만날 때, 말 한마디를 건넬 때 어떤 마음과 자세로 임해야 하는지를 다시 생각하게 한 순간이었다.

그럴 때는 〈나의 라임오렌지 나무〉를 생각한다. 내가 가장 많이 울면서 읽었던 책. 꼬마 제제의 아픔이 그토록 처절하게 다가올 수가 없었다. 제제는 과연 어떻게 되었을까, 내 머릿속에 항상 질문으로 남아 있던 그 삶을 작은 도서관을 운영하면서 다시 만났다. 시리즈의 2부인 〈햇빛사냥〉, 3부인 〈광란자〉가 출간된 것을 알았다. 짧은 유년기 이후 결코 행복하지 않았던 제제의 청년기가 가슴 아팠다. 그리고 도서관 관장이 되어 다시 읽은 〈나의 라임오렌지 나무〉는 나를 제제보다 뽀르뚜가 아저씨에 감정 이입하게 했다. 나는 아이들에게 어떤 어른인가를 고민하게 했다.

지금 나는 책방을 찾는 어린이들에게 아줌마 선생님을 지나 할머니 선생님이 되었는데 머리가 하얗게 되어서도, 이렇게 긴 시간을 살고서도 여전히 수많은 '제제'들을 알아보지 못한다. 이해하지 못한다. 때론 아이들의 눈물이 귀찮고, 상처가 거슬리기도 한다. 할머니란, 모든 것을 보듬어 주는 따뜻한 존재가 아니라 실은 괴팍하고 까탈스럽고 변덕스럽기 짝이 없는 존재라는 걸 나를 통해 확인하는 순간 책 속의 삶과 책 밖의 현실이 괴리된다. 아아, 나의 현실은 결코 아름답지 않다.

시골 작은 책방

시인의 꿈이 다다른

내가 좋아하는 작가가 어느 날 갑자기 내 책방 문을 열고 들어온다면? 생각만으로도 짜릿한 이런 상상이 서울 광화문 네거리나 홍대앞 같은 핫스팟, 혹은 유명한 바닷가 관광지도 아닌 한적한 시골 구석탱이에 자리한 숲속작은책방에서 일어날 확률은 제로에 가깝다. 혹은 좋아하는 작가가 내 책방의 단골손님이 되어 수시로 책을 사러 들르는 그런 그림을 꿈꾸지 않는 책방 주인이 없을진대, 역시 시골구석 책방에 그런 일이 일어나기란 불가능에 가까울 것이다(작가여, 주기적으로 한 번씩 피로에 지친 머리를 비우러 괴산으로 나들이 오시면 어떨까요. 여기 당신이 찾던 바로 그런 책방이 있습니다).

시골에 책방을 열고 가장 고민했던 게 작가 초청 행사였다. 마음이야 전 국민이 사랑하는 시대의 대가들을 모시고 싶지만

정원, 고양이, 그리고 인생 책

그런 분들을 초청할 용기도 없거니와 무엇보다 가난한 시골 책방엔 예산이 없다. 옆집도 아니고 한동네도 아니고 심지어는 같은 도시도 아닌, 대개는 하루의 반나절을 이동해야 올 수 있는 충청도 시골까지 강연을 오시라 청하면서 교통비 10만 원을 드릴 수는 없지 않나. 그렇다고 명색이 지역의 문화사랑방인 서점이 작가 초청 강연 한 번 없이 한 해를 보낼 수도 없는 노릇.

이때 도움을 받았던 이들이 작은 도서관 시절 알고 지내던 그림책 작가들이다. 어린이도서관을 운영했기 때문에 성인 문학 작가들과는 교류가 없었지만 어린이책 작가들과는 교류가 활발했고 지역 작은 도서관들의 어려운 형편을 잘 알고 있는 그분들은 적은 강연비도 개의치 않을뿐더러 심지어 무료 강연으로도 도서관에 많이 와 주었다.

건강한 책문화를 만들어 가는 일에 친구이자 동료가 되었던 그림책 작가들에게 책방을 처음 열고 또 다시 도움을 받았다. 적은 강사비를 지원 받는 행사에도 전화 한 통 하면 언제라도 달려와 내 일처럼 함께해 주었던 이들. 일일이 이름을 밝히진 않겠지만 그분들에게 신세를 많이 졌다. 대신 그분들 책을 열심히 진열하고 신간이 나오면 좋은 자리에 놓아두고 책방을 찾는 독자들에게 알리고 한 권이라도 더 팔려 애를 쓰는 것으로 나름의 신세를 갚곤 했다.

평소에 전혀 교류가 없던 성인 문학 작가들은 방법이 없었다. 숲속작은책방은 어린이부터 어른까지 모두 다 찾는 종합서점이고 방문객 숫자나 매출로 보면 성인 도서 매출이 어린이책보다 훨씬 큰데도 작가들을 모시기가 쉽지 않았다. 이때 강연비 상관없이 무조건 동네책방을 돌며 강연을 해 주겠다는 통 큰 작가가 나타났으니 바로 김탁환 작가다. 고마움을 잊을 수 없다. 그때를 전후해 전국에 동네책방들이 활성화되고, 책방들의 연대체가 만들어지면서 이 시대 최고의 작가들을 동네책방 홍보대사로 모시게 되었다. 동네책방을 응원하기 위해 적극적으로 함께해 주던 작가들 덕분에 비로소 시골 구석 작은 책방에서도 더 다양한 작가를 모실 수 있게 되었다. 그 선두에 이병률 시인이 있다. 워낙 만나고 싶어 하는 독자들이 많은 인기 작가라 책방에 꼭 모시고 싶었지만 엄두를 내지 못하다 동네책방 홍보대사라는 인연을 내세워 섭외에 성공한 것이다.

그가 책방 행사로 괴산을 다녀가고 얼마 뒤, 이병률 작가 소개 때문에 알게 되었다며 책방을 찾아오는 독자들이 있었다. 알고 보니 이병률 시인이 직접 시를 읽어 주는 네이버 오디오클립에서 책방에 다녀간 이야기를 언급한 것이다.

"시골에 가서 사는 삶은 어떨까 생각해 봅니다. 요즘엔 그 꿈을 구체화시키며 사는 사람이 많이 있지만요. 얼마 전 괴산에 있는 작은 책방에 다녀왔어요. 숲속작은책방. 인상

정원, 고양이, 그리고 인생 책

좋은 부부가 운영하는 푸근한 곳인데, 깊은 산속에 있는데도 사람들이 많이 찾아와요. 그곳에서 느끼는 감정은 평화, 고요, 성숙, 이런 것이에요.

온갖 새가 계속해서 우는 소리가 들리고 아름다운 고양이 두 마리가 느릿느릿 걸어 다니고 하늘은 시시각각 변하고 인기척처럼 바람이 불면 꽃들이 하늘하늘거리고. 그 마을에 가서 느꼈던 충격이랄까, 감동 같은 것은 저의 미래와 연결되어 있을 것 같은 그림 한 장일 텐데요. 그곳에서 누군가를 기다리는 삶이에요. 이렇게 조용한 곳에 조용히 있으려고 들어왔지만 어느 한편으론 사람들을 끊임없이 기다리고 내 외로움을 다독이고…. 그 시간에 책을 읽고, 책장을 정리하면서 사는 내 미래의 삶은 어떤 것일까, 생각하게 된 것이죠."

시인은 이곳에 와서 문득 자신의 꿈을 그려 보았나 보다. 조용한 책방에서 사람들을 기다리는 삶, 조금은 외롭지만 충족스러운 시인의 삶. 가까운 미래의 어느 날, 어쩌면 우리는 그 고적한 시인의 책방을 찾아 길을 나서게 될지도 모르겠다는 상상을 한다. 한 사람의 꿈이 다른 누군가의 꿈으로, 나의 삶이 어느 낯선 타인의 삶으로, 이렇게 마음은 돌고 돌아 긴 인연의 끈으로 지구를 휘감고 그래서 세상은 아직 조금 더 살아볼 만한 것인지도 모르겠다.

안녕하세요? 저는 열세 살 조요엘이라고 합니다.

저는 아홉 살 때 이곳 숲속작은책방에 처음 오게 되었습니다.
책을 무척 좋아했지만 학교에 다니느라 책을 읽을 시간이 많지
않았는데요, 그런 제 모습을 보신 엄마는 학교를 사흘 빠지고
책방 여행을 가자고 하셨습니다. 그 여행의 첫날 온 곳이
여기 숲속작은책방이었고요. 그 후로 저는 이곳을 사랑하게
되었습니다. 해먹에 누워 흔들거리며 만화책도 읽었고 북토크에
처음 와 보기도 했고 선생님이 주신 나팔꽃을 정성스레
키우기도 했고요.

또 이곳을 사랑하는 큰 이유 중 하나는 나비와 공주인데요,
나비와 공주는 고양이를 키우고 싶은 마음 속 허전함을 채워
주었습니다. 처음 봤을 때에 비해 많이 뚱뚱해지긴 했지만

숲속작은책방에 나비와 공주가 있어서 기뻐요.

그리고 숲속작은책방 선생님들은 만날 때마다 제게 요즘 무슨 책을 읽고 있냐고 꼭 물어봐 주십니다. 제가 해리포터를 많이 읽고 좋아했을 때 해리포터 인물 연대기를 만들어 숲속작은책방에 가져온 적이 있는데요, 그 후 이곳에 올 때마다 김병록 선생님은 어김없이 제게 해리포터 연대기 끝냈냐고 물어보십니다. 아직도 다 끝내지는 못했지만 제가 해리포터 연대기를 다 완성하면 첫 번째로 알려드리고 싶은 분이 김병록 선생님입니다.

처음에 이곳에 온 것이 책 읽을 시간이 부족한 제게 엄마가 책방 여행을 제안하셔서였다고 했는데요, 그날 엄마는 이곳에서 맘껏 책을 읽다가 잠든 우리의 모습을 보시고 홈스쿨링을 생각하게 되셨습니다. 그때 홈스쿨링을 제안해 주시고 격려해 주신 분들이 바로 책방의 백창화 선생님과 김병록 선생님입니다.

숲속작은책방 선생님들 덕분에 제 인생의 많은 부분이 바뀌었습니다. 저와 제 쌍둥이 모두 꿈을 향해 마음껏 달려갈 수 있었습니다.

숲속작은책방이 벌써 5주년을 맞았다는 것이 믿기지 않아요. 4년 전, 제가 숲속작은책방에 처음 온 날부터 지금까지 이곳에서 쌓은 추억들은 수없이 많습니다. 그리고 앞으로 이곳에서 쌓을 추억도 수없이 많을 겁니다. 저는 아직 어리지만, 숲속작은책방에 제 과거와 미래의 추억이 있다고 생각하니 무척 기뻐요.

앞으로도 숲속작은책방이 많은 사람들이 추억을 쌓는 소중한 공간으로 남기를 바랍니다. 5주년을 다시 한 번 축하합니다.

감사합니다.

2019년, 책방 5주년을 맞아 조금은 특별한 의미의 북콘서트를 열었다. 그때 책방에서 만나 책 친구가 된 어린 요엘이에게 콘서트 때 책방에 얽힌 만남과 추억을 이야기해 줄 수 있을까 물었다. 그랬더니 생각지도 않게 이렇게 긴 글을 써 와서 모인 사람들 앞에서 읽어 주었다. 가슴이 먹먹해지는 감동이었다.

책방을 열고 오래지 않던 초기, 쌍둥이 딸과 함께 책방으로 북스테이를 온 젊은 엄마는 딸들을 재우고 밤이 늦도록 거실에 앉아 맥주 한 잔을 앞에 놓고 책을 읽고 있었다. 그저 간단히 인사를 건넨다는 것이 마주 앉아 오랜 시간 수다로 이어졌다. 음악을 전공했지만 어려서부터 책을 좋아했고, 지금도 여전히 책 읽는 일이 가장 큰 기쁨이라는 그에게서 내가 아직 읽지 못한 소설들을 소개받았다.

학교생활을 별로 즐거워하지 않는 아이들을 데리고 그는 홈스쿨링을 시작했고 두 딸은 각자 좋아하는 것에 집중하는 시간

정원, 고양이, 그리고 인생 책

을 갖게 되었다. 엘리는 베이킹에 취미를 붙여 하루에도 몇 시간씩 혼자 빵을 만들었고 급기야는 열세 살 어린 나이에 제빵기능사 자격증을 땄다. 요엘이는 책 읽는 걸 좋아해 엄청난 독서로 자신의 세계를 만들어 갔다. 만날 때마다 독서가 깊어졌고 생각이 성장하는 걸 느낄 수 있었는데 엄마와 딸이 친구처럼 이야기 나누며 책을 읽던 경험을 급기야는 한 권의 책으로 쓰기까지 했다.

〈세상의 질문 앞에 우리는 마주 앉아〉라는 책인데, 딸이 책을 읽고 감상을 남기면 엄마가 딸의 질문에 또 다른 책을 들어 자신의 생각을 전하는 독서와 성장의 이야기다. 어린 딸은 책을 통해 만난 세상에 대해 엄마에게 묻고, 엄마는 딸에게 교훈이나 가르침을 넘어 자신이 살아왔던 방식으로 답을 하는 대화의 형식과 내용이 아름다운 책이다. 이 책을 출간한 출판사 대표와 저자들이 처음 만난 곳도 우리 책방이었으니 책방은 참으로 다양한 만남과 인연으로 이야기를 쌓아 가는 곳이다.

수많은 책을 읽던 독서가에서 책의 저자가 되고, 이제는 또 용인에 작은 책공간을 꾸려 책방 운영자가 되었으니 나에게도 그에게도 책은 운명의 길인 것만 같다.

2장

책방과 시골의
함께 살기

새로 나온 책은 어떻게 우리 책방 서가에 오르나

많은 이들이 책방 서가를 둘러보고 난 뒤 질문한다.

"이 책들은 어떤 기준으로 고른 거예요?"

그러면 이렇게 대답한다.

"책방지기 맘대로요."

성의 없는 답으로 들릴지 모르지만 사실이다. 우리 책방의 모든 책은 책방지기 부부가 맘대로 고른 책이다.

책을 고르기 위해 선택하는 통로는 역시 인터넷이다. 매일 아침 책상 앞에 앉아 온라인 서점에 들어가 '새로 나온 책' 코너를 들여다본다. 매일같이 쏟아지는 수백 종의 책 중 학습참고서, 교재, 전문분야 도서 등을 제외하고 나면 우리가 관심을 가질 만한 책들은 수십 종에 불과하다. 그 가운데서도 우리 책방이 취급하지 않는 유형의 책들을 걸러 내고 나면 '사고 싶다'는 생각이 드는 책은 그리 많지 않다. 메모를 하거나 장바구니에 담아 놓고 다시 한 번 살펴보면서 최종 구매 목록을 작성한다. 그리고 도매상에 일단 한 권씩 주문한다.

주문한 책들이 오면 즐거운 괴로움이 시작이다. 책방을 처음 시작했을 때는 내가 읽지 않은 책은 서가에 놓지 않았는데 손님이 늘고 업무가 늘어나면서 책을 내놓지 않고 껴안고 있을 수만은 없게 되었다. 그렇다고 분류하여 책장에 꽂으면 잊어버려서 결국 읽지 못하거나 검토하지 못하는 일이 생긴다. 그래서 신간이 들어오면 일단 거실 중앙 테이블에 쌓아 놓았다. 가장 먼저 눈과 손이 가는 곳이고, 읽어야 한다는 압박을 느끼기 때문이다.

쌓아 놓은 책은 때로 들춰 보지 못한 채로 팔려 나가기도 한다. 그래서 꼭 보려던 책은 내 방 책상 위에 따로 빼 두었다. 여기서도 책들 사이에 차등이 생긴다. 책방에서 사들이는 책에는 두 종류가 있다. 내가 읽고 싶어서 구매한 책과 책방지기로서 우리 책방에 어울릴 법한, 혹은 책방 독자들이 좋아할 만하다 싶어 구매한 책이다. 책방 초기엔 아무래도 전자가 더 많았다. 지금은 후자가 점점 많아지는 것 같다.

책방을 열고 7년. 책방지기로서 걱정이 되는 건 책에 대한 욕구가 점점 엷어진다는 것이다. 독자로서 책을 읽으며 가슴이 떨릴 만큼 감동하는 순간이 점점 줄어들고 있다. 강렬하게 읽고 싶다는 욕망을 불러일으키는 책, 읽고 나서 뭐라도 쓰지 않으면 안 될 만큼 가슴을 뒤흔드는 책을 만나기가 쉽지 않다. 나이 든 장년의 독자로서 내 관점의 변화일 수도 있고 출판계 전체 흐름의 변화일 수도 있다.

그래서 신간 검토 못지 않게 중요한 일이 숨어 있는 구간 도서의 발굴이다. 이건 책상에 앉아 검색으로만 될 일은 아니고 대형 도서관이나 대형 서점, 때론 헌책방 등에 나가 봐야 하는 일인데 시골 책방은 아주 불리하다. 도서관 상황이 열악한 건 물론이고 가까운 곳에 대형 서점이 없다. 중고서점도 없다. 시간을 들여 한두 시간 이상 떨어진 도시로 나가거나 그럴 바엔 아예 서울 나들이를 해야 하니 모니터링 하러 자주 나갈 수가 없다.

대형 도서관 나들이는 내겐 큰 즐거움 중 하나다. 인터넷 검색을 실제로 구현한 것처럼 도서관에 가서 서가를 주제별로 한 칸씩 훑다 보면 정말 낯설고도 흥미로운 책들을 만날 수 있다. 그 가운데 출판연도가 그리 멀지 않고 아직 절판되지 않은 책들을 메모해 온다. 발견의 기쁨이다.

다음으로 이런저런 추천의 글들을 살펴본다. 독서 관련 주요 단체에서 추천하고 있는 책, 언론에 소개된 책, 명사들의 추천 책, 최근 떠오르는 북튜버의 추천 책, SNS 이웃이 소개하는 책. 좋은 리스트가 많지만 너무 의존하면 서가에 개성이 없는

책방과 시골의 함께 살기

그런저런 책방 중 하나가 되고 만다. 이미 많이 알려져서 익숙한 책들의 전시장이 된다. 나 자신이 노력해서 발굴한 책과 이렇게 남들이 추천하는 책은 적절히 균형을 맞춰야 한다.

돌이켜 보면 책방을 열었던 초기에 숲속작은책방의 서가는 좀 더 특징과 개성이 있었다고 생각한다. 지금의 서가는 잘 정리되어 있지만 독특함은 많이 사라지고 보다 대중 취향에 가까워졌다. 그 이유는 위에서도 말한 것처럼 책방지기의 취향을 만족시키는 책이 많지 않기 때문이고 책방지기가 약간의 매너리즘에 빠져 습관적 구매를 하기 때문이기도 하고 책방지기 취향보다는 늘어나는 손님들의 취향에 맞춘 책을 점점 더 많이 들여놓기 때문이기도 하다.

우리 책방은 다른 어디에서도 팔지 않는, 팔리지 않기 때문에 책방이 잘 갖춰 놓지 않는 그런 독특한 책을 많이 갖추고 있다는 걸 장점으로 내세워야 하나. 아니면 손님들이 많이 찾는 책을 갖춰 책 판매를 유도하고 독자를 흡인하는 걸 전략으로 내세워야 하나. 책방지기라면 누구나 같은 고민을 할 것이다.

책방지기는 오늘도 남들과 다른, 그러나 많이 팔 수 있는 신선 상품을 발굴하기 위해 동동거린다.

집과 마을, 시골은 그런 것이 아니다

면사무소에 게시글이 붙었다. '귀농귀촌인 집들이 비용 지원사업'이 있으니 신청하라는 내용이다. '귀농귀촌인과 토착민의 괴리감을 줄여 안정적인 정착을 유도하고 지역 주민과 융화를 위한 화합의 장'을 마련하라는 취지에서 가구당 50만 원 한도까지 현금을 지급한다. 새로 이사한 주민은 이 돈으로 음식과 다과를 마련하고 기념품도 제작하여 이웃을 초청해 잔치를 열면 되는 것이다.

좋은 일이다. 낯선 마을에 이사 와서 이웃과 사귈 계기가 필요한데 돈까지 주면서 잔치를 하라고 하니 그 핑계로 막걸리 한잔 기울이며 말문을 터 볼 수 있겠다. 그러나 이런 정책이 나오게 된 배경을 짐작해 보면 한편으로 씁쓸한 생각도 든다. '귀농귀촌은 이민 가는 것과 같다'는 말이 있을 정도로 정착 과정에서 숱한 어려움을 겪기 마련이다. 원래 지역에 살고 있던 토박이 주민들과 새로 이사 온 도시민들 사이에는 정서적 괴리감도 있고, 그 차이를 극복하지 못해 큰 다툼과 갈등으로 이어지다 결국 마을을 떠나는 이들도 있다.

나 역시 큰 도시에서만 살다가 시골로 이사 와 8년이라는 시간 동안 여러 일을 겪었다. 누구나 그렇듯이 처음엔 정말 잘하고 싶었다. 그러나 기대는 실망으로 바뀌고 관계가 틀어진 자리엔 한숨과 한탄이 남았다. 되돌아갈 수 없기에 마음을 다잡고 남과 관계없는 나의 삶을 살기로 했다. 묵묵히 집과 정원을 돌보고 마음밭을 가꾸다 보니 척박한 돌밭이 윤택해졌고 상처가 퇴비가 된 자리엔 예쁜 꽃이 피었다. 비로소 삶을 이해하는 데는 오랜 시간이 필요하다는 걸 깨달았고 조급해하지 않는 법을 배우니 시골살이가 살 만해졌다.

시골에만 가면 누구나 다 이웃이 될 거라는 환상을 갖던 시절이 있었다. 담장 없는 옆집, 열린 대문, 그곳에 가면 남 일을 내 일처럼 여기는 소박한 이웃들이 있을 거라는 환상. 그러나 시골은 그런 곳이 아니다. 서로의 적극적인 노력이 없으면 이웃이 될 수 없는, 아니 그러한 노력에도 불구하고 이웃이라는 이름으로 마주 손을 잡고 웃기가 어려운 곳이 되어 가고 있다. 적어도 내가 경험한 시골은 환상이 아니다. 성실하게 최선을 다해야 하는 현실이다.

시골 이야기를 민망할 정도로 적나라하게 쓴 책 〈시골은 그런 것이 아니다〉. 도시를 떠나 시골에 칩거한 지 40년이 넘은 일본의 작가 마루야마 겐지가 거침없이 쏟아 내는 글을 읽고 있노라면 무릎을 치면서 속 시원해 했다가 돌연 희망이란 없는가 절망에 휩싸이기도 한다. 농담처럼 남편에게 시골 오기 전에 이 책을 읽었으면 절대 당신의 유혹에 넘어가지 않았을 거라고도 말해 본다.

시골에서 살고 싶은 이들은 하나같이 꿈을 꾼다. 허공에 떠 있는 삶이 아니라 두 발로 땅을 딛고 흙냄새를 맡고 싶다는 바람이다. 그러나 그 땅엔 어머니 품속 같은 흙만 있는 게 아니라 더럽고 냄새나는 개똥도 있다. 바람이 불면 진한 분꽃나무 향만이 아니고 고릿한 퇴비 냄새도 함께 실려 온다. 한껏 물오른 복분자와 회화나무 그늘 밑에 얼굴을 쑥 들이밀다 보면 끈끈한 거미줄이 얼굴을 휘감기 일쑤다.

아파트에선 이미 잃어버린, 멀리 있는 친척보다 낫다는 가까운 이웃의 정을 담뿍 느끼려 대문 없는 집을 지었더니 주인 없을 때 내 집처럼 드나들며 농기구를 마구 갖다 쓰고 돌려주지 않는다. 이를 불편하다 말했더니 다음번엔 비가 와도 널어놓은 빨래를 모른척하더라는 옆집 할머니가 있고, 남편보다 먼저 내려와 주말부부를 하고 있는 후배는 부녀회가 열린 마을회관에 갔더니 일면식도 없던 이웃조차 자기 집에 드나든 남자가 몇 명이었는지 알고 있어 기절할 뻔했다는 말도 들려주었다.

반면 〈노후를 위한 집과 마을〉은 우리보다 노령화가 빨리 진행되었던 일본 농촌마을 사례인데 내가 기대했던 노년의 마을, 공동체 생활을 제시하고 있어서 많이 권했던 책이다. 나이 들어 어차피 나 홀로, 혹은 부부만 머무는 큰 집을 마을의 공유 공간으로 내놓고 이웃들과 교류할 수 있는 사랑방으로 만들어 가는 이야기가 나온다. 내가 가정집에서 책방을 연 것과 매우 비슷한 사례다. 부부 둘만 살기엔 너무 커다란 집의 거실을 책방으로 만들었다. 뜨개와 수예가 취미인 누군가는 집 거실을 공방으로 개방해서 이웃과 함께 바느질을 한다. 그렇게 할 수 있는 일들을 나누며 멀리 사는 자식보다 더 가까운 이웃이 되어 평화로운 노후를 살아가는 것이다.

그러나 이런 삶에는 노력이 필요하다. 〈유쾌한 혁명을 작당하는 공동체 가이드북〉은, 적어도 내 집 문을 닫아걸고 나 홀로 움츠리고 살아가는 게 아니라 문을 활짝 열고 마음을 열고 이웃과 소통하고 교류하며 살아가기 위해서 필요한 게 무언지를 알려 준다. 나와 이웃, 좁게는 마을, 보다 넓게는 지역사회가 공동선을 위해 더불어 살아가는 삶을 꿈꾸는 이들, 특히 그런 일을 위해 적극 나서고 싶은 활동가에게 어떤 원칙을 지키면 좋을지 이야기해 주는 이 책을 권한다.

그렇지 않은 책방이 어디 있을까마는, 코로나19로 우리 책방도 큰 타격을 입었다. 단지 신음소리가 크지 않은 건 시골에 살며 자발적 격리 상태가 되어 상대적으로 소비가 적기 때문이고 나이가 들어 젊은 친구들보다 좀 덜 먹기(진짜?) 때문이다. 그러나 문제가 없는 건 아니어서 코로나 창궐 직전 겨울, 사태를 예견하지 못하고 나름 책방 리뉴얼을 하며 투자를 좀 했다. 책방이 쌓인 책들로 미어터지는 정도가 감당할 선을 넘어섰다. 북스테이도 6년을 했는데 이젠 한계에 다다랐다는 느낌이 왔다. 숙박을 원하는 이들은 많은데 우리가 살림을 살고 있는 가정집의 특성상 일주일에 1-2회 이상은 개방하기 힘들었다. 또 6년 동안 수백 명과 한 지붕 아래 하룻밤을 공유하다 보니 에너지도 떨어진 느낌이었다. 고민 끝에 결국 살림집을 분리하기로 했다.

2019년 12월 한 달 동안 영업을 쉬면서 가정 살림을 빼고 안방을 비웠다. 안방은 그림책방으로 새단장하고, 인근에 월세로 집을 얻어 북스테이 손님이 있을 때는 우리가 책방을 통째로 비워 주는 시스템으로 바꿨다. 공간에 한결 틈이 생겼고, 기대 가득한 맘으로 2020년 새해를 맞았더랬다. 그러나 결과는….

다들 아는 것처럼 2020년 2월부터 꼬박 1년여 책방은 열고 닫기를 반복했고 손님은 급격히 줄었고 모든 행사는 기약이 없어졌다. 손님이 없으니 책방에서 퇴근할 이유도 없는데 이미 내 침대는 다른 집으로 가 버렸고, 밥은 아무데서나 먹어도 잠은 내 침대에서 자야 하니 멀쩡한 책방은 비워 둔 채 어이없는 출퇴근의 날들이 시작되었다. 그동안 우리 책방이 버틸 수 있는 최대 장점은 건물주라는 사실이어서 임대료 없는 '자가' 책방임을 얼마나 자랑했던가. 그러나 이젠 남들처럼 임대료가 나가는 상황이 된 것이다. 그래도 도시의 책방들은 간혹 손님들이 오가는 걸 SNS로 보며, 자가 격리된 책방에서 우리는 한숨을 쉬었다.

우리 책방 방문자 숫자가 줄어든 가장 큰 이유는 '단체 방문'이 사라졌기 때문이었다. 시골 책방 특성상 지역 주민 매출이 그리 높은 편은 아니어서 도시에서 오는 단체 방문이 큰 비중을 차지하고 있다. 독서 동아리, 마을 활동가, 도서관 활동가, 학부모 모임 등에서 주로 단체 방문을 오는데 한 번 올 때 적게는 10여 명에서 많게는 관광버스 한 대로 30-40명이 오기 때문에 매출의 큰 축이 된다. 코로나19로 모든 단체 활동이 막혀서 이게 뚝 끊어졌다.

또 다른 단체 방문의 종류는 지역 학교 학생들의 '서점 나들이'다. 서점이라곤 읍내에 문방구 서점이 유일하기 때문에 괴산에서 서점을 중심으로 한 책문화 커뮤니티라는 건 있을 수가 없었다. 그러다 비로소 문화 활동을 하는 서점이 생겨서 작가와 만남도 진행하고, 북콘서트도 열고, 무엇보다 아이들이 서점에 와서 도서를 직접 보고 구매하는 서점 견학도 할 수 있었다.

초중학교 어린이 청소년들이 평일 오전 수업을 대체하거나, 혹은 주말 체험활동 등으로 서점 나들이를 온다. 대개 10-20명 규모로 진행하는데 학생들이 오면 일단 책방 공간에 대한 안내와 소개를 해 주었다. 반복해서 오는 단골 학교는 더 이상 책방 소개를 할 필요는 없고 가장 중요한 활동은 '책 이야기'를 들려주는 것이다.

요즘 어떤 책을 읽었는지 물어보고, 책방에 새로 들어온 책을 학년에 맞추어 소개한다. 작가 이야기를 할 때도 있고 그림책을 읽어 주거나 팝업북을 보여 주는 등 책에 관한 다양한 이야기를 나눈다. 시간과 예산이 넉넉할 때는 체험활동을 더하기도 한다. '내 인생의 책꽂이'를 만드는 활동, 혹은 팝업카드를 만들거나 독서 활동지를 만드는 활동이다. 이 모든 활동을 마치면 마지막으로 사고 싶은 책을 각자 한 권씩 고른다.

숲속작은책방은 책을 강매하는 책방으로 유명하다. 발을 들여놓기는 쉬워도 나가기는 쉽지 않아서 책을 한 권씩 사지 않고서는 책방지기의 싸늘한 눈초리를 온몸으로 받으며 몰래 도망가듯 책방을 나서게 된다. 나 같으면 그냥 아무 거라도 싼 책 한 권 집어 들고 당당하게 나가겠다. 먼 곳까지 차비 들여 시간 들여 일부러 구경하러 와서 돈 만 원에 그렇게 무너지는 모습을 보여서야 그 나들이에 어떤 즐거움이 있을까 싶다. 아니, 대문을 나서며 승리의 주먹을 쥐어 보는 이도 있을지 모르겠다. '공짜 구경 성공이야' 이러면서.

원칙이 이러니 학교에서는 도서 구입 예산을 확보해서 서점 나들이를 한다. 체험활동이 끝나고 나면 자신만의 책을 한 권씩 골라갈 수 있게 하는 것이다. 그럴 때마다 느끼는 게 있다. 단 한 명의 아이도 책을 사기 싫다거나, 허투루 책을 고르는 아이가 없다. "애야, 평소에 그렇게 책이 좋았니?" 하고 물어보고 싶을 정도로 눈을 반짝반짝 빛내며 어떻게든 가성비 높고 맘에 드는 책을 고르기 위해 전력을 다한다. 이 책 들었다 저 책 집었다, 친구와 비교하며 들었다 놨다, 책 뒤에 표시된 정가를 몇 번이고 들여다보고 책값을 계산해 가면서, 참으로 신중하게도 한 권의 책을 고른다.

도서관과 서점의 차이를 확연히 느낄 수 있는 지점이다. 도서관 견학과 나들이는 중요한 교육이다. 공공도서관의 개념을 이해할 수 있고, 도서관과 밀착된 삶이 어떻게 일상을 바꿀 수 있는지를 배우며, 도서관을 통해 진정한 시민으로 성장하는 법을 배우게 한다.

서점은 나의 취향을 결정짓는 장소다. 도서관에서는 작은 호기심으로도 책을 빌려볼 수 있지만, 내 지갑을 열어야 하는 곳에서는 좀 더 강력한 욕구가 필요하다. 잘못된 선택은 후회를 불러오지만 그런 과정을 통해 내가 돈을 들여서라도 얻고 싶은 '무엇'의 정체를 파악할 수 있다. 그것이 내 정체성이 될 수도 있고, 취향이며, 지향점이며, 나아가 나의 삶의 토대가 된다. 직접 사서 꽂아 놓은 책들로 가득한 나만의 서가를 보면 내가 누구인지 확실히 알게 되는 것이다. 서점이란 그런 곳이다.

과거가 아닌, 미래를 살아가는 어린이와 청소년들에게 이런 경험이 얼마나 중요한 것인지 나는 서점을 운영하면서 알게 되었다. 반짝이는 아이들의 눈에서, 신중한 손끝에서, 그리고 마지막으로 자신의 품에 들어온 한 권의 책을 소중히 껴안고 가는 아이들의 발걸음에서 나는 우리들의 미래를 본다. 학교 예산으로 도서관에 조금이라도 책을 더 갖추는 건 물론 중요한 일이다. 그러나 아이들 스스로 자신이 원하는 한 권의 책을 골라낼 수 있는 힘을 갖게 하는 일도 중요하다고 생각한다. 시골 책방 나들이의 보람은 책방지기에게도, 아이들에게도 너무나 크고 또 귀하다.

영상세대를 위한 그래픽 노블

인근에 전교생이 30명 남짓한 작은 중학교가 있다. 하루는 교감 선생님이 책방을 다녀가시더니 도서실을 이곳처럼 편안한 책공간으로 꾸미고 싶다고 자문을 청하셨다. 방치되어 있던 별관 건물 한편에 공간은 확보했는데 이리저리 예산을 꿰맞추어도 선생님이 맘속으로 그리는 도서실을 만들기는 역부족이었다. 할 수 있는 만큼 자문을 해 드렸지만 결국 완성된 모습은 낡은 서가에 책상과 의자가 덩그러니 놓인 독서실 형태다.

선생님은 공간은 어쩔 수 없다 해도 재미난 책이라도 잘 갖춰서 학생들이 사랑방처럼 오가며 책 한 권이라도 손에 잡길 원했다. 학생들한테 직접 신청도서 목록을 받았는데 대부분 일본 만화책이라 선생님은 난감해하셨다. 학생들 요구를 무시할 수도 없지만 그들이 원하는 책만 구입할 수는 없으니 우리가 권하

책방과 시골의 함께 살기

고 싶은 책을 골라 함께 도서 납품을 해 달라고 요청하셨다.

우리는 일단 학교 도서실에 가서 서가를 둘러보았다. 그리곤 한숨을 푹 쉬었다. '좋은' 책이 정말 많았기 때문이다. 마치 인문학의 요람처럼 한국과 외국의 고전 명작들과 최근 인문학 열풍을 이끌고 있는 책들이 서가를 가득 채우고 있었다. 이 주옥같은 책들은 그러나 너무나 무거워서 서가에서 제 몸을 빼면 큰일이라도 날 것 마냥, 얌전히 제자리를 지키고만 있다는 걸 한눈에 알 수 있었다. 반면 수시로 서가를 들락거려 길 위의 인생 마냥 서가 이쪽저쪽에 구겨지고 접혀지고 찢겨진 채 방치된 책들이 있었으니 모두 일본 만화였다.

어른들은 권하고 싶지 않지만 그나마 도서실에 학생들 발길이 끊이지 않게 미끼 상품이 되어주는 책, 간절히 권하고 싶어 비싼 몸값 내며 모셔 두었지만 학생들은 절대로 찾지 않는 책. 과연 학교 도서실은 그 사이에서 어떻게 무게중심을 잡아야 하는 걸까? 이건 모든 학교 사서 교사들의 고민이자 책 읽기를 권하는 나 같은 이들의 과제이기도 하다.

고민 끝에 적절히 균형을 잡아 보고자 했던 것이 바로 그래픽 노블이다. 크게 보면 만화의 일종이지만 상업성이 짙고 흥미 위주로 만들어지는 만화와 달리, 미국과 유럽을 중심으로 예술성 높은 그림을 지향하면서 인문 교양이나 시사 등 메시지가 뚜렷한 스토리를 내걸고 있다. 어른 독자를 중심으로 그래픽 노블이 퍼져 나가면서 우리나라에서도 영역이 확장되고 있다.

〈모비 딕〉, 〈이방인〉처럼 고전을 만화 형식으로 아티스트가 재구성한 작품이 많이 발간되고 있고, 한나 아렌트나 지그문트 프로이트, 조지 오웰처럼 유명 인물의 삶을 담은 작품도 있다. 이런 책은 만화라고 해서 결코 만만히 볼 것이 아니고 오락물처럼 가볍게 읽어 낼 수가 없다. 하지만 글과 그림이 적절히 섞여 있고 핵심 내용이 잘 간추려 있어서 인문학에 첫발을 떼는 어른 독자는 물론 청소년 독자에게도 유용한 책이다.

〈불편하고 행복하게〉랑 〈자리〉는 읽으면서 많이 울었던 책이다. 두 책 모두 그림책 작가와 웹툰 작가를 꿈꾸며 고단한 오늘을 살아가는 가난한 예술가들의 분투기라고 할 수 있다. 마음은 먼 미래를 바라보며 꿈을 꾸지만, 현실은 오늘도 하루하루 그림을 그리는 대신 노동을 해야 먹고살 수 있는 차가운 겨울이다. 생활비를 벌기 위해 아르바이트를 하면 공모전에 출품할 작품을 그릴 시간이 없고, 당장 먹고살기 위해 아르바이트만 하다 보면 꿈꾸던 작가가 될 날이 참으로 요원하다.

우리는 어린이 청소년들을 보며 늘 '꿈을 꾸라'고 이야기한다. 그러나 사회는 꿈꾸는 자에게 관대하지 않고 현실의 차가운 벽은 높기만 하다. 꿈과 현실 사이에서 힘든 나날을 보냈던 자신들의 이야기를 과장 없이 담고 있는 이 작품들을 나는 청소년들에게 많이 권한다. 꿈을 꾼다는 것의 간절함, 내 삶을 책임진다는 것의 엄중함을 알았으면 해서다. 그럼에도 끝내 꿈을 지켜 가는 이런 작가, 화가, 음악가 같은 예술가의 열망이 우리 사회를 비추는 빛이 되기에 누군가는 이렇게 치열하게 꿈을 지키고, 누군가는 또 그들을 응원하며 함께하는 사회를 만들어 보자고 외치는 내 작은 몸짓이다.

〈까대기〉도 같은 결을 가진 만화다. '까대기'라는 말은 나 역시 이 책을 통해 처음 알게 되었고, 역시 책방에 오는 이들에게 물어 보면 대부분 알지 못하는 낯선 단어다. 표준어는 '가대기' 인데 표준국어대사전을 보면 '창고나 부두에서 인부들이 쌀가 마니 같은 무거운 짐을 갈고리로 찍어 당겨서 어깨에 메고 나르는 일, 또는 그 짐'이라고 설명한다. 택배사에서는 배달할 물건을 차에 싣거나 내리는 일을 까대기라고 하는데 화물차 한 대당 대개 천 개 내외의 물품이 실린다고 한다. 작가는 만화가를 준비하면서 6년 동안 까대기 아르바이트를 했고 그 경험을 토대로 이 만화를 그렸다. 꿈을 꾸기 위해, 아니 지금 한국 사회에서 청년들이 생계를 잇기 위해 선택해야 하는 험한 노동의 현장이 얼마나 척박한지 알 수 있다.

일본군 위안부 할머니의 증언을 그려, 2019년 미국 뉴욕타임즈 최고의 만화로 선정된 〈풀〉의 작가 김금숙 작품은 학교 도서실에 빼놓지 않고 추천하는 만화들이다. 〈나목〉에서는 박완서 작가의 동명 소설을 재구성해 고단하고 시린 삶의 순간들

을 그림으로 잘 표현하고 있다. 〈시베리아의 딸, 김 알렉산드라〉는 러시아 혁명기의 격동하는 시대 상황 속에 러시아 이주 한인들의 고단했던 삶과 조선 독립의 투쟁이 담겨 있는 그래픽 노블이다. 이산가족의 그리움을 담은 〈기다림〉, 발달장애 청년의 이야기를 담은 〈준이 오빠〉 등 그의 작품은 사회성 강한 메시지를 담고 있어서 청소년들과 함께 읽고 싶은 책이다.

우리에게 도서 납품을 부탁하는 학교와 청소년 북카페들에는 이렇게 해마다 우리가 선정하고 추천한 책들로 서가를 채워 나갔다. 그래픽 노블, 글과 그림이 적절히 섞인 문학과 에세이를 많이 넣으려고 했다. 이 책들을 청소년이 모두 즐겨 찾는다고는 할 수 없을 것이다. 그러나 만화라는 장르의 특성상 글로만 빽빽하게 채워진 책들보다는 가벼운 마음으로 빼 들 수 있으리라 생각한다. 그러다 보면 좀 더 깊이 있는 인문학 책을 읽고 싶은 욕구가 일지도 모른다는 희망을 가져 보면서 오늘도 부지런히 추천도서 목록을 짠다.

청소년이 읽지 않는 청소년 추천 도서

책방에서 진행하는 '서점 나들이'는 초등학생이 가장 많이 오지만 중학생과 고등학생들도 가끔 온다. 이렇게 단체 견학을 제외하고 책방에서 가장 만나기 어려운 독자는 바로 중고등학생이다. 하룻밤 머무르는 북스테이는 가족 손님들이 많지만 거기서도 청소년은 찾아보기 힘들다. 초등 고학년만 되어도 부모와 함께하는 여행에 따라가지 않는 경우가 많기 때문이다. 오히려 형제만 놔두고 부모님이 집을 비우는 걸 반기는 나이라고나 할까. 그래서 청소년 손님은 매우 드물지만 그렇다고 청소년 도서가 없는 건 아니다.

우리 책방은 명색이 '종합 서점'이다 보니 유아부터 청소년, 성인에 이르기까지 전 연령대가 찾는 책을 고루 갖춰 놓고 있다. 다만 청소년 도서는 그 수가 현격히 적은 게 특징이다. 그렇게

책방과 시골의 함께 살기

된 데는 또 다른 이유가 있다. 청소년 독자들은 책방에 왔을 때 결코 청소년 추천도서 서가에서 책을 고르지 않는다.

처음에는 중고등학생들이 오면 열심히 추천도서들을 권했다. 대개 전문가들이 고른 책이고, 나도 재미있게 읽은 책들이다. 청소년들의 일상과 고민에 대해 아주 잘 썼다고 생각한 책들이다. 그러나 입이 아프게 책을 소개해도 별로 성과가 없다. 이래 뵈어도 책 쫌 판다고 소문난 판매의 달인인데 영 체면이 서질 않는다. 내 소개를 열심히 들으며 고개를 끄덕이고, 마지못해 책을 한두 쪽 넘겨 보고는, 슬그머니 내려놓는다. 그러고 나면 아이들은 모두 어른 책 서가에 매달려 있다.

사겠다고 골라온 책을 보면 입이 떡 벌어진다. 이 아이들이? 과연? 도무지 읽어 낼 것 같지 않은 책들을 가져오는 것이다. 중학교 1, 2학년에게 〈데미안〉이나 〈호밀밭의 파수꾼〉은 기본 도서라 치고 〈코스모스〉, 〈제3인류〉, 〈오베라는 남자〉 이런 책을 골라오면 물론 기특하긴 하지만 과연 어떤 마음으로 고른 것일까 하는 생각이 든다. 물론 청소년이 읽으면 좋은 책들이긴 하다. 그러나 물어보면 한 달에 책을 한 권도 읽지 않는다고 대답하는 아이가 이렇게 두꺼운 벽돌책을 읽으리라 상상하기가 쉽지 않다.

한참을 관찰해 본 결과, 청소년은 대체로 자기 수준보다 높은 수준의 책을 골라 온다는 걸 알게 되었다. 그리고 자기는 이미 성장한 '어른'이라고 생각하고 있고, 나 같은 어른들이 애 취급하며 권장도서나 건네주는 데 저항하는 것처럼 보였다. 그래서 얇고 다소 계도적인 표지로 디자인한 청소년 추천 도서가 아니라 어른을 위한 책으로 시선이 향하는 게 아닐까, 하고 어렴풋하게나마 짐작하게 되었다. 청소년 소설로 나왔지만 성인 독자들도 좋아해 종합 베스트셀러가 된 몇몇 소설을 살펴보면 바로 이렇게 경계에 서 있지만 양쪽 모두를 아우르는 장점을 갖고 있다. 그런 책들, 내용과 서사가 풍부하고 문학적 깊이를 갖춘 청소년 문학이 보다 많이 나왔으면 좋겠다.

〈고미숙의 로드 클래식, 길 위에서 길 찾기〉는 내가 고등학생들에게 필독으로 권하는 책이다. 고등학교 필독서 목록에 〈열하일기〉, 〈걸리버 여행기〉, 〈돈키호테〉와 같은 고전이 들어 있는 걸 알게 된 후다. 오대양 육대주를 아우른 전 세계에서 '정수'라고 손꼽히는 책들, 캄캄한 삶의 길에 길잡이 노릇을 해 주는 별의 지도 같은 책들, 청소년뿐 아니라 모두가 꼭 한 번은 정독하길 권하고 싶은 책들이다. 그러나 읽기가 쉽지 않다. 학생들이 필독서 목록을 가지고 올 때마다 깊은 한숨을 쉬게 되는데, 암튼 필독이라니 수행평가를 위해서든 입시를 위해서든 책을 들춰 보긴 해야 할 테다.

이 책은 한마디로 '책을 읽기 위한 책'이라고 할 수 있다. 배경 지식 없이는 어려움이 있는 고전 읽기의 길잡이 노릇을 해 주는 책이다. 고전 평론가인 고미숙 작가의 해설이 마치 사람 키 만큼 쌓인 눈길 위를 제설차가 지나가듯 길을 닦아 주는 역할을 한다. 그의 명쾌한 해설을 읽고 나면 책을 손에 들고 펼쳐 볼 용기가 솟는다. 어른인 내게도 좋지만, 필독서 읽기 숙제에 골머리를 앓는 청소년이라면 꼭 한 번 읽어 보길 권한다.

〈꿀벌과 천둥〉 역시 어른뿐 아니라 청소년들에게 자주 권하는 책이다. 명성 있는 국제 피아노 콩쿠르를 소재로 하고 있는 이 소설은 꿈과 목표를 향해 달려가는 10대들의 경연과 갈등, 천재들의 방황과 우정을 그리고 있어서 재미있고 감동이다. 무엇보다 〈피아노의 숲〉이나 〈노다메 칸타빌레〉같은 일본 음악 만화들처럼 페이지를 넘길 때마다 섬세한 피아노 음악이 귀를 휘감는 듯한 아름다운 느낌에 휩싸이게 된다.

〈직업으로서의 음악가〉나 〈열일곱, 아트홀릭〉, 〈아베 히로시와 아사히야마 동물원〉 같은 책들은 표면적으로는 예술가의 삶과 일상을 그린 에세이지만 청소년들 가슴 속에 꼭 담아 주고 싶은 인생의 꿈과 목표, 열망과 욕구를 품고 있어 좋아한다.

〈경찰관 속으로〉, 〈젊은 공무원에게 묻다〉처럼 직업인 스스로 자기 목소리를 내는 책들이 더 많이 나왔으면 한다. 기능적인 직업 가이드가 아니라 직업인으로서 자신의 삶과 일상을, 고민을 이야기하고 청소년들을 직업인의 내면으로 끌어들일 수 있는 그런 책을 찾는다.

청소년 문학이란, 어쩌면 어른들이 '청소년은 이럴 것이다' 혹은 '이래야 한다'는 전제 아래 그들의 욕망을 잘 짜 맞추어 만들어 낸 장르일 수도 있다. 의도는 좋지만, 그리고 필요까지 부정할 수는 없지만, 그럼에도 아쉬움이 남는다. 우리나라는 특히 연령별 독서에 상당한 의미를 부여하고 있어서 그림책부터 청소년 도서까지 순서대로 구획을 정해 놓고 있다. 5세에 읽어야 할 책이 따로 있고 10세 아동이 읽어야 할 책, 중학생이 되면 읽을 책들을 각기 규정해 놓았다. 인간이란 원래 금기를 깨고 틀을 벗어나는 게 본능인 존재가 아니던가. 그게 가장 극명하게 드러나는 때가 10대와 20대 시기라서 이때는 아닌 줄 알면서도 콩으로 팥죽을 쑤고 팥으로 메주를 쑤겠다 용을 쓰는 나이다. 책방에는 청소년을 위한 책 코너가 분명 따로 있지만 이런 이유로 이쪽 서가는 부실하고 성인용 서가에 청소년을 유혹할 수 있는 책들을 이리저리 섞어서 꽂아 둔다.

청소년기의 자아 형성은 한 사람의 인생 전체를 결정짓기도 하
고, 이 시기에 어디에서 누구를 만나 무엇을 경험했는가에 따라
삶의 방향이 달라지는 일도 많다. 그런 중요한 삶의 시기를 청소
년들은 거의 학교에서 보낸다. 그렇다면 이곳에서 나를 숨 쉬게
해 줄 누군가를 만나거나 잠시 웅크려 있을 작은 쉼터를 갖는
일도 중요할 테다.

　나에겐 중학교 시절, 학교 도서관이 교회와 더불어 그런 곳
이었다. 마음 줄 곳이 있다는 사실은 심리적으로 큰 안정감을
주었다. 모든 청소년에게 그런 곳일 수는 없으나, 잘만 운영한다
면 학교 안에서 그런 숨 쉴 틈을 마련해 줄 수 있는 가장 적합한
공간이라 생각한다. 다행히도 우리나라 학교 도서관 설치 운영
률은 99퍼센트에 이른다(학교 도서실을 갖지 못한 마지막 1퍼센트에 속하

는 학교가 괴산에 있다. 맙소사. 이것은 의무교육을 채택하고 있는 우리나라에서 명백한 차별이며 하루빨리 시정해야 한다). 학교 도서관 운동을 꾸준히 해 온 분들의 노력과 공이 컸다고 생각한다.

괴산에 와서 학교들을 방문할 때마다 도서실을 가 본다. 희망과 실망을 동시에 느낀다. 학교 도서관 리모델링 사업이 빠르게 진척되면서 도서실 공간들은 변화가 역력하다. 예전의 어둡고 답답했던 흑백 교실은 사라지고 아기자기한 서가와 가구, 편안한 의자와 소파가 놓인 카페형 공간이 많아졌다. 쉬는 시간이면 아이들이 몰려와 한바탕 뒹굴다 가는 휴식처의 역할을 하고 있는 곳이 많다.

반면 서가를 보면 조금 한숨이 나온다. 내가 본 학교 도서실 가운데 많은 수가 공간의 절반을 거대한 서가에 할애하고 있었다. 서가에는 책들이 빽빽하게 꽂혀 때론 책을 빼려고 검지 손톱으로 책머리를 힘차게 끌어당겨도 빠지지 않을 정도로 빈틈이 없다. 좁은 공간에 그렇게 많은 책을 꽂아 놓아야 하는 걸까? 그렇게 꽂힌 책등을 보면서 읽고 싶은 책인지, 내게 필요한 책인지 판단할 수 있을까? 그러니 대부분 아이들이 쉬는 시간 도서실로 몰려와서는 인기 있는 만화책 몇 종만 일제히 차지하고 있는 건 아닐까? 만화책에도 얼마나 종류가 다양한데, 아이들에게 꼭 보여 주고 싶은 만화책들이 얼마나 많은데, 과연 그 책들은 아이들이 쉽게 발견할 수 있도록 놓여 있는가?

책방과 시골의 함께 살기

도시 학교와 달리 이곳 시골 학교들은 전체 학생 수가 10여 명에 불과한 작은 학교를 비롯해 50명 내외 규모의 학교들이 많다. 이런 학교의 도서실은 어떤 역할을 해야 할까? 나는 맞춤 장서가 가능하다고 본다. 학생들 한 명 한 명이 한눈에 들어오는 구조이기 때문에 지역과 생활 기반, 희망과 진로에 맞추어 필요한 장서를 선별하고 권해 줄 수 있으리라 본다. 도서실로 뛰어와 일제히 몇몇 만화책만 집어 들지 않아도 되고, 만화책 외에 관심을 끌 수 있는 책들을 주제별로 큐레이션한 맞춤 서가를 운용할 수 있다면 독서 의욕은 확실히 올라갈 것이다.

　　이런 안타까움의 근저에는 사서 교사 부족이라는 현실이 놓여 있다. 괴산 관내 20여 초등학교 가운데 사서 교사가 배치된 곳은 딱 한군데다. 사서 교사가 없는 학교에서는 대개 교사 한 명이 도서실을 담당하면서 장서 관리와 수서 등의 업무를 진행한다. 본인 교과 외에 도서실 업무가 과외 부담으로 지워지니 충실하기가 쉽지 않다. 도서관의 이상적인 활용, 도서관을 통한 독서 활동이나 동아리 활동을 계획하고 실현하기가 어려운 구조다. 그런 학교에서는 해마다 연초에 도서관 장서 계획을 짤 때도 어려움을 겪는다. 전문가가 아니기 때문에 도서 목록을 만드는 것이 큰일로 다가온다. 자연히 학생과 학부모, 교사들에게 신청 도서 목록을 받아서 이를 기초로 수서를 하고 그 외는 이런저런 추천도서 목록을 참조하게 된다.

안타까움이 컸다. 앞에서 말한 것처럼 학생 수가 적고, 지역의 특성이 명확하고, 따라서 교육의 지향점을 분명히 세울 수 있는 작은 학교라면 거기에 꼭 필요한 종류의 책이 있을 텐데, 적절한 책을 수서하는 데 우리가 도움이 되면 좋겠다는 생각이 들었다. 그래서 학교 도서관 납품에 관심을 갖게 되었다.

한편으로는 관내 도서관과 학교 몇 곳에 안정적으로 도서를 납품할 수 있다면 책방의 생존에 도움이 되리라 생각했다. 인구 4만 명도 안 되는 시골, 주민의 대부분이 고령이고 농업에 종사하는 지역에서 서점이 책을 팔아 생존하기는 쉽지 않다. 사실, 우리 책방의 주된 업무 혹은 주 관심사가 도서관 납품은 아니다. 우리가 지역에서 잘할 수 있고 하고 싶은 일은 따로 있다. 그러나 그런 일을 하기 위해서는 책방이 '살아 있어야' 한다. 스스로 생존할 수 있어야 한다.

대신, 우리는 기계적 납품 말고 '영혼이 있는' 납품을 꿈꿨다. 지역 아이들과 학교 도서관의 현황을 잘 파악해 그곳에 필요한 책들로 목록을 짜는 일. 사서가 없는 학교에 한 번씩 찾아가 도서관 장서를 파악하고 적절한 규모로 큐레이션 해 주고, 그 책을 학급 문고로 순환시키는 일. 이런 일을 하며 도움을 줄 수 있다면 참으로 서로에게 유익한 관계 아니겠나.

그러나 우리의 이런 순진한 환상은 단번에 깨져 버렸다. 대부분 학교 행정실에서 우리에게 원하는 건 도서정가제 상 법적으로 허용된 10퍼센트의 할인을 해 줄 수 있는가. 여기에 더해 의무사항이 아닌 5퍼센트 추가 할인 혜택까지 가능한가를 묻는 '숫자'에 대한 관심뿐이었다. 납품을 하면서 이런 할인을 해 줄 수 있는지 여부가 가장 큰 관심사였다! (다행히도 학교 등 공공기관에서는 납품받을 때 추가 할인 5퍼센트를 요구하지 못하도록 바뀐 도서정가제 개정안이 2020년 11월에 국회에 상정되어 처리를 기다리고 있다.)

책은 마땅히 정해진 가격대로 팔아야 하며, 할인을 제도에서 허용한 현행 도서정가제가 잘못되었다고 생각하는 나로서는 이 할인의 숫자가 몹시 못마땅하다. 그것은 지역의 동네책방들을 죽이는 잘못된 정책이기 때문이다.

현행 도서정가제의 최대 문제점은 불공정 경쟁이라는 점이다. 책은 그 성격상 어디에서 팔든 똑같은 상품일 수밖에 없다. 이런 똑같은 상품을 동네책방에서는 정가로 파는데 온라인 서점에서는 일단 10퍼센트 할인은 기본이며, 온갖 특혜와 화려한 사은품까지 선물로 받을 수 있다면 어떤 소비자가 동네책방에서 책을 사겠나.

경쟁의 조건 또한 매우 불공정해서 대형 서점, 온라인 서점은 출판사에게 갑이다. 출판사를 설득해 어떻게든 더 싼 도매가격으로 책을 공급받는다. 그러나 우리 같은 동네책방에게는 출판사와 도매상이 갑이다. 정가의 70퍼센트 선에 책을 받기도 쉽지 않고 75퍼센트, 심지어는 80퍼센트 공급률로도 책을 받는다. 이 가격에서 10퍼센트를 할인하고 나면 수익을 내기가 힘든 구조다.

학교 선생님들이 방문할 때마다 이런 설명을 구구하게 한다. 지역에 서점 하나가 살아 있는 것이 지역 문화에 보탬이 된다고 생각한다면 작은 책방에서 할인하지 말고 책을 구매해 달라고 여러 번 얘기했다. 시골에 있는 작은 책방을 사랑하고, 우리를 응원하는 몇몇 학교와 교사들은 이런 호소에 귀를 기울여주고 있다. 그러나 아쉽게도 정말 일부에 불과한 것이 현실이다. 도교육청 장학사를 비롯해 괴산뿐 아니라 충북 지역 많은 학교와 교사들이 책방에 견학 혹은 연수라는 이름으로 단체 방문했다. 이 공간이 정말 좋다며 가족과 꼭 다시 오고 싶다고 이야기하지만, 돌아가서 우리 책방에 공식적으로 책을 주문하는 곳은 많지 않다. 개인의 응원이 시스템을 움직여 실제 협업과 지원으로 돌아오기가 얼마나 어려운지 실감하고 있다.

덧붙이자면, 우리에게 책 주문은 하지 않으면서 좋은 책 목록만을 달라는 학교와 도서관의 요구가 종종 온다. 절대 응하지 않는다. 나쁜 마음이란 건 안다. 내가 정말 지역 도서관을 애정하고 우리 지역 학생들에게 순정한 마음을 품고 있다면 설령 우리 책방에서 책을 사지 않더라도 그곳에 좋은 책이 들어갈 수 있도록 애써야 할 것이다. 그러나 나는 앞으로도 죽 이렇게 나쁜 사람이 될 것이다. 사람이 하는 수고와 노력을 감사하게 여기지 않는 이들, 자신과 일하는 상대방을 협업의 파트너로서가 아니라 비용을 지불하고 재화를 지불받는 갑과 을의 관계로만 여기는 이들, 인구도 적고 상권도 형성되지 않는 농촌 지역에 귀촌해 작은 서점 하나를 꿈처럼 가꾸는 이를 장사꾼으로만 보는 이들에게 내 노력과 수고를 바치지는 않을 것이다.

그렇다. 많은 걸 아낌없이 내어 주는 자연의 너른 품안에 들어와 살면서도 나는 여전히 이렇게 속 좁고, 울화통 많은 밴댕이 아줌마일 뿐이다. 매일 스스로 그걸 확인하는 일이 오늘도 내 맘을 괴롭게 한다. 언제쯤 이 백팔 가지의 번뇌에서 해방되려나.

집에도 책이 없고 학교에도 도서관이 없던 시절, 내 희망의 근거지는 만화가게였다. 내가 집에 돌아오지 않으면 엄마가 나를 찾아 나설 곳은 두 군데. 책이 있는 이웃집과 만화가게였다. 이웃집에서 발견하면 잔소리에 그쳤지만 만화가게에서 덜미를 잡히면 꼬집히고 꿀밤을 맞았다. 엄마가 혐오한 건 만화책이었을까, 만화가게라는 공간이었을까. 때론 빗자루를 들고 쫓아온 엄마를 피해 휘달렸고 그러면서도 만화가게에 갖다 바칠 동전이 필요해 아버지 양복 주머니를 뒤지다 맞기도 했다. 오랫동안 이 병은 고쳐지지가 않았다.

그때 그 시절 어린 소녀를 떠올려 본다. 만화가게 귀퉁이에 쪼그려 앉아 시간을 헤아리고 연신 입구를 훔쳐보며 초조하게 책장을 넘기던 작은 아이. 가슴엔 그리움이 일었고 사랑의 기쁨도 이별의 아픔도 그곳에서 만났다. 어둑한 한 귀퉁이에서 마음만은 초원을 뛰어다니고 강산을 유랑하던, 왠지 모를 신열에 발그레 달아오르던 아이의 열망만큼은 지금도 잊지 않았다.

어린 소녀의 가슴에 뜨거운 눈물이 끓어오르게 하던 책, 평생 한 번도 잊어 본 적이 없는 책, 그러나 다시 만날 수 없던 책, 느낌만큼은 생생하건만 정작 기억은 왜곡되어 내용조차 잘 기억나지 않는 책들을 다시 만난 건 중년이 되어서다. 아이를 키우고 도서관 활동을 하면서 부천에서 한국만화박물관을 만났다. 그곳에 내 어린 기억들이 잠자고 있었다. 만화박물관 설립과 함께 절판된 옛 만화들을 복간하기 시작했다. 다시 설레었고 숲속작은도서관에 만화책들을 부지런히 채웠다. 언젠가 내가 골라 넣은, 나만의 만화 도서관을 만드는 꿈이 생겼다.

책방을 열면서, 만화책 판매를 고민했었다. 그러나 만화책은 적극 갖춰 놓지 않는다. 일단 공간이 부족하다. 작은 공간에 어린이부터 어른까지 전 세대를 아우르는 책을 갖춰야 하다 보니 만화를 제외한 다른 도서를 전시하기에도 빠듯했다. 만화들이 대부분 시리즈로 발간되기 때문에 서가를 많이 차지한다는 점도 고민이었다. 게다가 학교 단체방문이 많은 우리 책방의 특성상, 어린이 청소년들이 만화 코너에만 머물고, 살까 걱정이었다. 이 예상은 정확해서 거의 모든 아이들이 책방에 들어와서 책을 고르라 하면 첫 번째 질문은 "만화책은 어디 있어요?"다

(미리 예측하고 만화책을 들여놓지 않길 정말 잘했지). 그래서 책방에는 그래픽 노블과 일부 단행본 만화 외에 만화책 판매 서가가 없다.

대신 만화만큼은 판매보다는 소장과 열람 중심의 열린 서가를 운영하고 싶다. 아쉬운 대로 다락방 북스테이 공간에 책방지기 애장 만화를 전시하고 있는데 다락방 전체를 만화 도서관으로 꾸며서 환상적인 '만화 다락방'을 만드는 게 내 소원이다. 책방에 잠깐 들르는 손님들은, 만화 아닌 일반 서가를 돌아보는 것만으로도 시간이 부족하니 그들은 1층 서가에만 머물게 하고 대신 하룻밤 북스테이를 하는 손님들에게는 만화책과 함께 뒹굴뒹굴할 수 있는 시간을 내어 주고 싶다.

대개 하룻저녁 운전기사가 되어 봉사정신으로 따라오는 젊은 아빠들은 〈신의 물방울〉을 보면서 포도주 향을 상상하고, 육아와 살림에 지친 엄마들은 아이들이 모두 잠든 밤 자신의 소녀시절을 떠올리게 하는 〈캔디 캔디〉와 〈아르미안의 네 딸들〉을 보면서 잠시 추억에 젖어드는 밤을 보내게 하고 싶다. 사춘기 청소년들은 〈유리가면〉과 〈스완〉을 보면서 꿈을 향한 날갯짓, 그 아픔과 사랑스러움에 자신의 미래를 상상하면 좋겠다.

지금 우리들의 다락방은 좁고 또 좁아서 만화책들이 채 자신의 자리를 찾지 못하고 있다. 만화책보다, 그림책과 팝업북에 자리를 다 내주었기 때문이다. 언젠가는 이 아쉬움을 풀고 숲속 작은책방 안에 또 하나의 꿈꾸는 책공간이 될 만화책방을 꼭 마련하고 싶다.

그 만화책방 서가에는 책방지기 추억의 만화부터 최근 인기의 중심에 있는 웹툰까지, 고전 명작을 그려 낸 예술 만화부터 수십 권에 이르는 일본 만화까지 두루두루 꽂아 놓을 것이다. 요즘 만화카페들처럼, 만화 서가 사이사이에 편안한 소파도 놓고 혹은 작은 침대까지 놓아 뒹굴뒹굴 읽다가 그대로 잠들어도 좋은 B&B(Book & Bed)라면 얼마나 좋을까.

책방지기 추억의 만화로는 김혜린과 황미나, 신일숙을 선두에 놓아 둘 것이다. 김혜린 만화 〈북해의 별〉은 젊은 내게 사랑과 혁명의 열정을 불러일으킨 작품이며 황미나 만화 〈우리는 길 잃은 작은 새를 보았다〉는 부조리한 사회 현실에서 방황하는 청춘의 아픔에 눈물 흘리게 했던 작품이다. 신일숙 만화 〈아르미안의 네 딸들〉은 1986년부터 무려 10년에 걸쳐 장기 연재하며 한국 순정만화 시대의 전성기를 이끌었던 작품이다. 최근에는 북펀딩에서 1억 2000만 원을 넘는 사상 최대 모금 기록을 남기면서 레트로판 20권 전집이 복간되었다. 20년 세월을 가뿐히 뛰어넘어 〈아르미안의 네 딸들〉은 순정만화의 전설이 되었고, 이 만화를 읽었던 소녀들이 엄마가 되어 다시 딸과 함께 읽겠다고 펀딩에 힘을 보탠 것이다. 또한 잊지 못할 불후의 명언을 낳은 작품이 아니던가. '인생은 예측불허, 그리하여 생은 의미를 갖는다', 복잡다단한 우리들의 운명과 삶을 한마디로 정리해

버린 그 작품 앞에 나는 고개를 숙인다.

2017년 이른 봄에 세상을 떠난 일본 작가 다니구치 지로의 작품들 역시 앞자리를 차지할 것이다. 숲속작은책방 서가의 품격을 높여 주었던 〈도련님의 시대〉. 다른 만화들과 달리 주석을 찾아보며 천천히 읽어가야 해 완독하는 데 시간은 걸렸지만, 우리에게도 이런 만화가 있었으면 좋겠다고 강렬하게 바라게 했던 작품이다. 무엇보다 내 마음을 울렸던 건 〈열네 살〉, 〈아버지〉, 〈산책〉 같은 주옥같은 작품들이다. 나이가 들어서야 비로소 늙은 부모의 고통과 고독을 이해하게 된 우리들 중년의 이야기며, 가족이라는 부조리를 불우하게 느끼고 끝없이 도피하고 싶었던 청춘의 이야기며, 이제는 돌아와 고향 앞에 선 귀향의 고백이다.

2000년대 초반부터는 웹툰시대로 옮겨 오면서, 만화는 이제 쌍방향으로 소통하며 작중 주인공과 함께 울고 웃는 시대가 되었다. 그 선두에 강풀 작가와 윤태호 작가가 있다.

웹툰으로 성공하고 다시 종이책으로 발간해 100만 부 이상 판매를 올리고, 영화로까지 제작되는 등 원소스 멀티유스의 성공 방식을 보여 준 강풀 작가의 만화들. 그가 포털사이트에서 시작한 웹툰 연재가 대성공을 이루면서 우리나라에 현재와 같은 시스템이 성공적으로 정착할 수 있었다. 〈바보〉, 〈순정만화〉, 〈그대를 사랑합니다〉 등 서정성 짙고 폭력이나 선정성 없는 착한 만화로 우리들의 가슴을 울렸고 광주학살의 피해를 그린 〈26년〉은 한 편의 만화가 갖는 사회성에 대해 생각하게 만든 작품이다.

만화로 우리 사회 내면을 들여다본 묵직한 작품 중에 발군은 윤태호의 〈미생〉이다. 2012년부터 다음 웹툰 플랫폼에 연재를 했던 이 작품은 새 회차가 나올 때마다 눈이 발개지도록 울며 봤던 작품이다. 작가가 그린 만화는 북받치는 감정을 애써 눌러가며 읽었으나 독자들이 올린 댓글을 보다가 끝내 눈물이 터져 버린 경험은 나만의 것이 아닐 테다. 바로 이게 웹툰이 가진 힘이라는 걸 느꼈다. 만화가 올라오면 순식간에 수백, 수천의 댓글이 주르르 달리는데, 댓글을 읽으면서 공감의 폭과 깊이가 달라진다. 본문 내용은 물론이지만 댓글 사연을 읽으며 눈물 흘린 적이 한두 번이 아니다. 〈미생〉이 책으로 출간되자 아주 조금은 허전한 느낌이 들었다. 바로 감동을 배가시켜 주던 그 댓글들이 사라졌기 때문이다. 종이책을 사랑하는 책방지기지만, 이때 나는 웹툰만이 가진 그 놀라운 장점, 공감과 소통의 새로운 매력을 절절하게 느꼈다. 시리즈 만화로는 드물게 〈미생〉은 책방에서 오랫동안 판매했는데 아이가 성장해 청년이 되면 꼭 이 만화를 선물할 것이라고 말하며 전집을 사간 젊은 아빠가 기억에 남는다. 책은 그렇게 세대를 이어 주는 위대한 유산이다.

비밀의 문이 열리면 또 다른 세상이 펼쳐진다

어린이고 어른이고 할 것 없이 책방 견학을 나오면 가장 좋아하는 순서가 있다. 비밀의 방 앞에 서는 순간이다. 비밀의 방은 사실 이름처럼 그렇게 비밀스럽진 않아서 얼핏 봐서는 책꽂이인데 자세히 살펴보면 그 뒤로 공간이 숨겨져 있다는 걸 누구나 알 수 있다. 그럼에도 처음 찾은 이들과 이 문 앞에서 우리는 어설픈 연기를 펼치곤 한다. 공연 횟수가 쌓일수록 능청스럽게 즉흥 연기도 점점 늘어가며 반응도 좋아지고 있다.

"이 방은 책을 좋아하는 사람만 들어갈 수 있는 방이에요. 여기 오신 여러분은 책을 좋아하나요?"

어른들은 그저 깔깔대고 웃으며 "네"라고 대답하는데 어린이들 반응은 다르다. 어떤 아이는 풀이 죽어 고개를 떨구고, 어떤 친구는 '만화책은 많이 보는데' 하며 말끝을 흐리기도 한다.

혹여 방에 들어갈 자격을 얻지 못할까 근심해서다. 나는 한껏 거만한 표정을 지으며 이렇게 말한다.

"앞으로 책을 많이 읽을 사람도 들어갈 수 있는데 약속할 수 있어요?"

순간, 아이들의 표정이 환해지며 엄청나게 큰 소리로 "네! 네! 네!"를 외친다. 이어서 다 같이 주문을 외치고 힘차게 책꽂이를 밀면, 그렇다, 이곳이 바로 우리 책방의 보물이 모두 모여 있는 비밀의 방이다.

이곳은 내가 작은도서관을 처음 시작했던 2002년부터 하나씩 모아온 소중한 내 보물들이 모여 있는 방이다. 작은도서관을 하며 소망이 있었다면 '팝업북 도서관'을 만드는 것이었다. 실제로 서울 마포구에서 숲속작은도서관을 운영할 때 방 한 칸을 팝업북 도서관으로 꾸민 적도 있다.

디지털 세상이 되면서 점점 종이책이 그 가치를 잃어가고 쓸데없이 자리만 차지하는 퇴물 취급을 받는 게 싫었다. 무엇보다 우리 아이들이 책을 지루하고 재미없는 것으로만 인식해 독서는 휴식이나 오락이 아니라 학습의 연장으로 받아들이는 게 안타까웠다. 종이책만이 갖고 있는 특별함, 내가 새로 산 책을 펴들고 냄새를 맡고, 품에 안고, 사르륵 소리를 내며 펼쳐 넘길 때의 그 기쁨을 아이들도 알게 하고 싶었다. 그때 '북아트'를 만났다.

책방과 시골의 함께 살기

2002년쯤이었던 걸로 기억한다. 예술의전당에서 북아트 전시를 했는데 세상에서 가장 아름다운 책들의 향연이 펼쳐졌고, 책이라는 물건을 소재로 한 다채로운 장식과 조형, 예술품으로서의 품격에 눈이 휘둥그레졌다. 그때까지 책은 내게 내용을 전달하는 도구였을 뿐이었는데 책이라는 물건 자체가 예술이 될 수 있다는 사실에 감동했다. 그 작업을 꼭 한번 해 보고 싶어 전시작가에게 직접 연락해 그분의 제자가 되었다.

내 손으로 종이를 한 장 한 장 자르고 실로 꿰매어 엮는 바인딩에서부터 가죽으로 커버링하기, 종이죽을 이용해 나만의 수제 종이를 만들고 포트폴리오를 제작하기까지 1년 동안 도제식 수업을 받았다. 책은 공장에서 인쇄되어 나오는 것이라고만 생각했는데 만드는 전 과정을 직접 체험해 보니 책에 대한 관점이 확연히 달라졌다. 사라져 가는 종이책의 아름다움을 일깨우고, 책이 가진 아날로그의 따뜻한 정서를 알게 하는 북아트의 세계를 사랑하게 되었다.

이 아름다운 책 세상을 아이들에게도 보여 주고 싶었다. 그때부터 아티스트가 직접 만든 핸드메이드 아트북부터 해외에서 수입한 팝업북까지 눈에 띄는 것을 사서 모았다.

도서관에서 아이들과 가장 많이 했던 활동도 북아트, 나만의 책 만들기 활동이었다. 북아트 작업은 일종의 종합 예술이다. 한 권의 책을 어떻게 만들지 콘티를 짜고 기획하는 단계부터 페이지마다 글과 그림을 어떻게 배치할 것인지 디자인의 개념도 배우고 실제로 글을 쓰고 그림을 그려 완성하는 데까지 이르면 출판 기획과 제작의 실제를 모두 경험하는 셈이다. 해외 여러 나라에선 북아트가 교과와 결합해 통합 예술교육의 일환으로 쓰이는 사례도 많다고 들었다.

요즘엔 북아트 작업 가운데 특히 헌책을 재활용한 '리사이클링 팝업'이 인기를 모으고 있다. 버려지는 헌책을 접거나 오리고 잘라 아름다운 예술책으로 재가공하는 작업이다. 〈헌책, 예술이 되다〉는 굳이 어디 가서 배우지 않더라도 혼자 책을 보고 이런 작업에 도전할 수 있게 하는 책이다. 책의 저자이자 북아티스트 홍승희 작가는 우리나라에 북아트가 소개되던 초기 시절부터 나와 오랫동안 작업을 같이 한 동료인데 아마도 국내에서 팝업북 제작에 가장 많은 노하우를 갖고 있는 작가일 것이다.

그의 손을 빌어 책을 좋아하는 어린 소녀가 어른이 되어 도서관과 책방을 꾸리게 된, 나의 자전적 이야기를 담은 세상에 하나뿐인 팝업북 〈꿈꾸는 도서관〉을 제작하기도 했다. 일일이 손으로 그리고 오리고 붙여서 만든 이 대형 팝업북은 숲속작은 책방과 책방지기의 이야기를 궁금해 하는 독자들을 위해 한 번씩 꺼내 읽어 주곤 한다.

시골에 작은 책방을 꾸릴 때 나는 책의 아름다움을 전해 줄 수 있는 이런 아트북 전시와 체험의 공간이 꼭 있었으면 했다. 20년 가까이 모아 두었던 팝업북이 나 혼자 딱 한 번 보고 책꽂이 한편에서 잠들어 있는 게 아쉬워서 책방을 찾는 이들과 이 세계를 공유하고 싶었다. 그래서 다락방에 서가를 꾸미고 책을 정리했지만 곧 다시 유리창 안의 세계에 갇혀 버렸다. 왜 그렇게 되었는지는 독자들의 상상에 맡겨 두련다(울고 싶다).

그러는 사이, 국내에서도 아름다운 팝업북과 아트북 출간이 활발해졌다. 특히 보림출판사에서 해외 유명한 예술 그림책을 번역 출간하면서 내 아트북 서가는 보림출판사의 책이 다수 차지하게 되었다.

〈나무늘보가 사는 숲〉은 내가 가장 좋아하는 책 중 하나다. 2016년 서울국제도서전에 특별 기획된 '서점의 시대' 코너에 숲속작은책방 부스를 꾸렸을 때 책방지기가 사랑하는 책들을 골라 전시 판매를 했었다. 행사 기간 일주일 동안 1000권 정도 책을 팔았는데 이 책만 150권을 판매했다. 그만큼 내가 애정을 갖고 사람들에게 소개해 온 책이다. 사람들에게 숲을 지켜야 하는 이유, 환경을 살펴야 하는 이유를 말로 일일이 설명하지 않아도 이 책을 보여 주면 그저 마음으로 와서 닿는다.

인도 출판사 '타라북스'에서 발간한 핸드메이드 실크스크린 그림책들도 우리 책방에선 빼놓을 수 없는 존재다. 타라북스는 인도 전역에서 자신만의 방식으로 영혼의 가치를 담아내는 전

통 예술가들을 발굴해 그들의 작품을 그림책으로 만들고 있다. 현대 자본주의 정신과 반대 지점에 서 있는 작가들이다. 자연 속에 살며 오랜 세월 조상들로부터 전해진 자연과 생명, 평화와 화합의 가치를 작품으로 만들어 낸다. 타라북스 역시 그들이 지키고자 하는 정신과 같은 방식으로 책을 만든다.

직접 만든 종이에, 직접 조색한 염색 잉크를 써서 한 장 한 장 핸드메이드 실크스크린으로 그림책을 만든다. 이들의 독특한 출판 세계와 예술성이 널리 알려지면서 전 세계에서 주문이 밀려들었다. 대량 기계 인쇄로 뽑아 내면 큰돈을 벌 수도 있는데 타라북스는 그렇게 하지 않는다. 그 이유에 대해 타라북스의 이야기를 담은 책 〈우리는 작게 존재합니다〉에서 저자들은 이렇게 쓰고 있다.

"현대는 뭐든 빠르고 쉽게 손에 넣을 수 있는 편리한 사회다. 그리고 완전히 그 방식에 익숙해진 우리는 편리함을 당연한 것으로 생각한다. 하지만 우리는 알고 있다. 시간을 들이지 않고는 알 수 없는 애착, 말로 표현하기 어려운 감정이나 사건도 존재한다는 사실을 말이다. 모든 것이 아무리 빠르고 편리해진다 하더라도 거기서 절약된 시간이 나의 여유로운 한때로 되돌아오지 않는다. 그런 현실에 한숨을 내쉬면서도 금세 또 휩쓸린다. 어쩌면 그래서 더 우리는, 느긋한 시간이

흐르는 타라북스의 핸드메이드 책과 그 세계에 끌리는
것인지도 모른다."
노세 나쓰코·마쓰오카 고다이·야하기 다몬 지음, 정영희 옮김, 〈우리는 작게
존재합니다〉, 남해의봄날

타라북스의 그림책을 손에 들고 우리가 지나왔던, 이제는
잃어버린 그 자연과 책의 정신을 한번쯤 생각해 보면 좋겠다.
　일본의 아티스트이자 그림책 작가인 고마가타 가츠미의 책
을 처음 만났을 때 느꼈던 감동도 잊을 수가 없다. 종이책만이
구현할 수 있는 종이예술의 아름다움을 예술 그림책으로 만들
어 보여 주고 이를 제작해 직접 출판까지 하고 있다. 단순히 아
름다움만을 구현한 것이 아니라 인간과 자연이 화합하며 살아
가야 한다는 작가의 철학을 책에 담아 미래를 살아갈 우리 아
이들에게 전해 주겠다는 의도로 그림책을 만들었다고 한다.
　그의 그림책은 자연과 어린이를 생각하며 만든 섬세한 종
이 예술 작업의 결과다. 어린 딸을 키우면서 아기들이 손으로
만지고 느끼고 감각이 발달하는 과정을 보며 그에 맞춰 기존
종이책의 관념을 깨트린 다양한 형태의 책들을 만들고 있다. 같
은 책인데 한 장 한 장 페이지마다 색과 종류가 다른 종이를 사
용한다든지, 다양한 형태로 종이를 잘라 퍼즐 맞추기처럼 새로
운 그림을 창조하는 그의 작업은 종이책만이 줄 수 있는 신비로

움과 아름다움을 느끼게 한다. 그가 프랑스 출판사와 협업해서 만든 북스타트 아가용 책은 어린이가 세상에 태어나 처음 만나는 책이 어떠해야 하는지를 보여 준다. 이 책들을 너무 좋아해 공동구매 형태로 일본에서 들여와 판매해 보았으나, 정식 수입업자가 아닌 시골 책방지기인 나로서는 너무 버겁고 힘든 일이어서 지금은 하지 않고 있다.

책방과 시골의 함께 살기

"얘, 새끼 뱄어요?"

책방에 처음 온 이들이 책방 고양이 나비를 보고 가장 많이 하는 질문이다. 하루에 한 번은 꼭 듣는 '세상에서 가장 듣기 싫은 말'. 아마도 다른 고양이라면 "그러는 댁도 중부지방이 만만찮은데 혹시 임신하셨나요?" 몰아치고 집을 나가버릴 것만 같다. 너희들 사람끼리는 아무리 뚱뚱하고 배가 나와도 앞에서 대놓고 임신했냐고 묻지 않으면서 고양이한테는 너무 예의가 없는 것 아니냐고 하소연도 꽤나 했을 터이다. 그러나 언제나 점잖고 무게중심이 잘 잡혀 있는 나비는 이 모든 결례를 무심하게 들어 넘기고 만다. 거기에는 화려했던 청춘시절에 대한 자각과 자부심이 담겨 있음을 나는 안다. 나비가 우리한테 처음 왔을 때는 날렵한 소년이었다.

그때는 산 밑에 사는 검은 고양이가 책방에 자주 놀러왔다. 무지렁이 집사는 외로운 나비에게 친구가 될 거라 생각하고 그 아이를 예뻐해 주었다. 그랬더니 어느 날, 그 검은 아이가 나비의 캣타워를 차지하고 올라가 있는 것 아닌가. 피 터지는 전쟁이 시작되었다. 밤마다 나는 그 아이를 들인 걸 후회하며 마음을 졸였고 나비는 눈가에, 발목에, 귀때기에 매일매일 전쟁의 흔적을 새겼다. 그렇게 몇 달간 괴롭힘을 당했는데 어느 날인가부터 이 아이가 나타나질 않았다.

알아보니 발정기가 되어 집을 나갔는데 일주일이 넘도록 집에 들어오질 않아 그집 식구들이 걱정을 하고 있었다. 나는 내심 어디 멀리 가서 돌아오지 말았으면 하는 마음이었는데(이기적인 집사, 나빠요) 어느 날 그 아이가 반죽음이 된 채 자기 집으로 돌아왔다. 온몸이 찢기고 부러져 그 상태로 집에 돌아온 게 기적이라고 할 정도로 처참했던 아이는 결국 무지개다리를 건너고 말았다. 마음은 아팠지만 나비에게 평화의 시대가 찾아온 듯 보였다.

그런데 수개월 후, 그 검은 아이와 똑같이 생긴 새로운 검은 아이가 다시 책방에 쳐들어왔다. 죽은 아이의 새끼였다. 한동안 또 전쟁을 치루었으나 이때는 나비가 이미 성년의 절정기에 들어섰을 때라 부상은 입었어도 어렵지 않게 승리를 거두었다. 나비에게 패배한 탓인지 그 아이도 어느 순간 집을 나가 버렸다.

그러나 몇 달 후, 다시 똑같이 생긴 검은 아이가 나타났다. 그러나 나비에게 며칠 만에 쫓겨났고 나비는 이렇게 검은 고양이 삼대에 걸쳐 기나긴 전투를 치루며 자기 영역인 책방을 지켜냈다.

그렇게 평화로운 한 시절이 흐르고 어느 날인가부터 다시 나비의 수염이 곤두서기 시작했다. 집에 들어오라 해도 들어오질 않고 지붕 위를, 창고 위를 지키며 사방을 경계하더니 새벽마다 온 동네 사람들 새벽잠을 깨우는 고양이 대전이 벌어졌다. 이것은 예전과는 사뭇 다른 양상. 이마가 깨져 오고, 귀때기가 후벼져 오더니 한쪽 다리를 절었다. 그날부터 매 끼니 참치 통조림 식사를 대령했다. 통조림에 가루약을 섞어 주면 쓴 약도 군말 없이 먹었다. 무지렁이 집사는 무한 참치 식사가 얼마나 해로운지도 모르고 나비가 잘 먹는 것만 기특해서 그렇게 한 달을 약과 함께 먹였고 나비의 다리가 완쾌한 것과 동시에 몸무게가 엄청나게 불어 있는 것을 알게 되었다. 나비가 왜 그토록 생애 최대의 처절한 전투를 벌였는지는 그 다음에야 알게 되었다.

마을 입구 주차장에 온몸이 하얀 고양이가 새끼를 낳은 것이다. 어쩐지 밤이면 나비가 늘 그쪽으로 놀러 간다 했더니 발정기가 되어 마을을 찾아 들어온 길고양이 '공주'를 차지하기 위해 마을 수컷 고양이들은 그토록 전쟁을 치렀던 것이다. 처음엔 나비 새끼들인지도 모르고 젖 먹이는 어미가 불쌍해 통조림을 가져다주곤 했다. 그런데 사람들이 자꾸 드나들며 쳐다보니

까 어느 날 갑자기 새끼들을 데리고 없어져 버렸다. 마을 사람
들이 고양이 숫자 늘어난다고 걱정하며 119에 신고해 잡아가라
해야겠다며 수군대던 차라 은근 잘되었다고 생각했다.

며칠 후, 집 뒤쪽 창고에서 하얀 털 뭉치가 어른거리기 시작
했다. '집돌이'인 나비가 바깥을 지키며 집 안에 잘 들어오지 않
았다. 혹시나 하는 마음에 창고 문을 열었더니 공주가 새끼 세
마리를 데리고 이사를 와 있었다. 마을 주차장과 책방과는 거리
가 꽤 되는데 그 먼 거리를 새끼들을 앞세워 아비 집을 찾아온
것이다. 마치 '네 새끼 니가 책임져'라는 듯 이 우아하고 새침한
공주의 자태에 나는 그만 넋을 놓아 버렸다.

아기 셋은 신기하게도 한 마리는 아빠인 나비랑 쌍둥이처럼
닮아 있었고 한 마리는 엄마처럼 순백의 털이 하얗게 빛났다.
나머지 한 마리는 흰색에 갈색 털이 드문드문 섞여 있어서 피는
물보다 진함을 여실히 보여 주었다. 그렇지 않았다면 이 아이들
이 나비의 자식들임을 어찌 알았을까. 세 마리를 다 키울 수는
없어도 나비와 똑같이 닮은 아이 하나는 데리고 있었으면 했는
데 마땅찮아 하는 이웃들 눈길을 무시하기가 어려웠다. 결국 아
기들은 책방에 자주 오는 손님들에게 한 마리씩 입양을 보냈고
책방엔 나비와 공주만 남았다.

공주는 양쪽 눈 색깔이 다른 오드아이 고양이로 예뻐하는
사람들이 많아서 그중 한 명에게 보내고, 나비만 남겨 두려 했

다. 그런데 지켜보니 둘의 금슬이 너무나 좋았다. 둘을 같이 살게 하자니 중성화수술이 필수였다. 나비에겐 수술 없이 홀로 사느냐, 수술하고 공주랑 함께 사느냐의 두 가지 선택지가 있었던 셈이다. 집사로서 나비의 맘을 헤아린 나는 공주와 함께 행복하게 살아가는 결말을 선택했고 책방 고양이는 둘이 되었다.

가끔 생각한다. 점점 나이 들어가는 나비를 보면서 애비 닮은 아이가 하나 있었으면 좋지 않았을까 하는. 남편 따라 생활의 안정이 보장되는 시댁으로 들어왔으나 여전히 쥐 사냥, 새 사냥을 즐기며 마을 전체를 자기 영역 삼아 떠돌아다니는 야생 공주를 보면서 어쩌면 그 아이를 인공적으로 수술해 우리 곁에 잡아둔 것은 아닌가 하는 생각. 동물들의 자율적인 삶에 인간은 어디까지 개입할 수 있는가 하는 생각. 집 마당을 파헤치고 똥오줌을 싸거나 발정기에 울어 대는 게 불편해 고양이를 싫어하는 사람들, 간혹 쥐약을 놓아 고양이를 몰살시키기도 하는 사람들을 보며 인간이 이 자연의 주인 노릇을 할 자격은 과연 누구에게 허락받았는가 하는 생각. 때론 기쁨이 되고 때론 근심거리가 되는 우리들의 반려동물, 그들과 더불어 잘 살아가기 위해서는 무엇이 필요한 것일까. 수많은 생각들에 답을 얻기 위해 오늘도 나는 책방에 책을 들여놓는다.

아주 특별한

묘생을 살다

책방을 처음 시작했을 때부터 함께했던 고양이 나비는 우리 책방의 특별한 영업이사가 되었다. 손님이 오면 깜박 졸다가도 자리에서 일어나 다소곳이 다가가선 슬쩍 몸을 부비는 걸로 환영 인사를 하고, 어린이 손님들에게는 목을 길게 빼고 머리를 어루만질 수 있는 특혜를 제공한다. 어린이들은 감동해서 어쩔 줄을 모르고 시골마을 작은 책방은 아이들이 만난 최고의 환상동화가 된다. 책방 매출의 일등 공신이자 재방문율을 높여 주는 특급 영업팀, 고양이 두 마리다.

대부분의 아이들은 자신을 홀린 고양이들에 반해 집에서도 고양이를 키우고 싶다고 부모를 졸라 대지만, 그럴 때마다 내 표정은 밝지 못하다. 반려동물 1000만 시대, 네 가구 중 한 가구가 반려동물과 살고 있을 만큼 동물과 함께하는 삶이 보편화되었지만 동시에 1년이면 10만 마리 이상의 개와 고양이가 버려지고 있어 동물 유기가 이미 사회문제이기 때문이다.

우리 동화나 그림책에서도 버려지거나 학대받는 동물에 관한 이야기가 많이 등장한다. 과거 동화 속에서는 인간과 동물의 우정과 모험을 그리는 미담형 캐릭터가 많았다면 최근에는 사회 고발형 캐릭터가 늘고 있다. 그러나 이렇게 선악이 분명하고 메시지가 뚜렷한 서사는 질문하고 고민해야 하는 문학의 본질과 달리 하나의 답을 향해 달리는 교훈적 감동으로 끝맺기 쉽다.

이런 가운데 김중미 작가의 책 두 권은 남다르게 다가온다. 〈그날, 고양이가 내게로 왔다〉, 그리고 〈꽃섬 고양이〉. 두 작품 모두 전면에 고양이를 내세우고 있지만 실상 고통스런 현실을 살아가는 약하고 아픈 사람들, 그들끼리 보듬어 안는 따뜻한 일상의 메시지가 문학적 완성도와 함께 돋보이는 작품이다.

〈꽃섬 고양이〉는 네 편의 이야기가 실린 동화집이다. 4월이면 산 전체가 봄꽃으로 뒤덮여 '꽃섬'이라 불리는 산. 낡고 오래된 집들이 미로를 만들며 다닥다닥 붙어 있어 가난한 사람들과 길고양이들의 보금자리가 된 곳이다. 그곳을 터전으로 작가는 희망을 잃고 무료 급식소를 전전하게 된 사람과 고양이의 우정, 아프고 여린 이들끼리 보듬어 안는 따뜻한 우정과 연대 이야기를 펼치고 있다. 보육원에서 살다 입양과 파양의 아픔을 겪은 아이는 인간이든 동물이든 버려지는 아픔은 동일하며 모든 생

명에 대한 책임을 이야기한다.

네 편을 관통하는 이야기는 한결같다. 개와 고양이를 내세웠지만 실상 그것은 가난한 인간들의 이야기며 상처와 고통에 관한 이야기다. 책 속에서 개와 고양이를 버리고 학대하는 사람들 역시 이 사회의 가장 취약지대에서 하루하루 생존을 근심해야 하는 약자다. 교과서는 약자끼리 힘을 합해야 한다고 말하지만 현실에서 약자들은 생존 앞에 비루할 수밖에 없는 존재들이다. 인간은 생존이라는 절대 과제 앞에 으르렁대는 야수와 다를 바 없고 따라서 김중미 작가의 동화 속에서 개와 고양이와 인간은 서로 종만 다를 뿐, 벼랑 앞에 내몰린 삶이라는 점에서는 동일하다.

그렇다고 해서 작가는 왜 인간이 동물과 다름없는가, 훈계하지 않는다. 오히려 절망에 내몰린 존재들의 아픔에 공감하고, 희망이라는 높은 사다리를 세워 주려 한다. 아마도 이것은 삶과 문학이, 작가가 내는 목소리와 현실이 크게 다르지 않은, 실천하는 삶을 살고 있는 김중미 작가에게서 나오는 온기라 생각한다. '꽃섬'은 동화에만 나오는 가상공간이 아니다. 그곳은 작가가 지금 살고 있는 강화도 양도면, 삶의 터전이다. 강화로 옮겨 오기 전 오래 살았던 인천 만석동 '괭이부리말'이 실존이었듯, '꽃섬'도 작가에게는 실존이다. 꽃섬의 개와 고양이를 통해 외로운 이들의 아픔을 위로하고 함께 견디어 가자고 손 내밀며 희망을 이야기하는 것이다.

동물과 인간, 탐욕과 공존 사이

시골로 이사를 하면 사실 개를 키우고 싶었다. 새끼 곰처럼 덩치가 산만 한 커다란 개와 푸른 잔디밭을 뒹구는 꿈을 꾸었다. 그러나 막상 시골에 와 보니 개들은 목줄 하나씩을 매단 채 좁은 마당만 하릴없이 맴돌고 있었다. 인간과 친구가 되어 배고픔과 추위를 벗어나게 된 대신 자유를 잃어버린 개들이 나는 슬펐다. 이렇게 인간을 위해 길러지고, 인간에게 덕을 끼치는 동물들을 우리는 과연 얼마나 삶의 반려로 생각하고 있을까.

〈후쿠시마에 남겨진 동물들〉, 〈후쿠시마의 고양이〉 두 권의 책은 전쟁과 같은 위기 상황에서 인간이 동물을 대하는 태도를 생각해 보게 한다. 2011년 3월 11일, 일본에선 대지진이 일어나 원전 사고가 터졌다. 쓰나미가 마을을 휩쓸었고, 대량 유출된 방사능으로 원전 20킬로미터 이내 지역은 피난령이 내려져 주민들은 모두 대피했고 마을은 폐허로 방치되었다. 사람들이 빠져나간 자리에는 소, 돼지, 닭 등 키우던 가축 그리고 개와 고양이 등 반려동물이 남았다. 마을로 곧 돌아갈 수 있을 거라 생각했지만 방사능 사고는 수습되지 못하고, 남겨진 동물들은 방사능에 피폭된 채 비참한 모습으로 굶어 죽거나 살처분되었다.

사진작가 오오타 야스스케는 피해 지역으로 들어가 남겨진 동물을 사진으로 찍고, 동물보호단체와 협력해 손이 미치는 대로 반려동물 구조 활동에 나섰다. 일본 미야기현 홈페이지를 보면 쓰나미 때 익사하거나 이후 아사한 가축이 약 118만 마리라고 한다. 땅이 흔들리고, 바닷물이 넘치고, 방사능이 유출되어 살 수도 죽을 수도 없을 듯한 지옥 같은 풍경 속에서 사람과 함께 동물들이 죽어 갔다.

원전 사고는 공동체와 가족의 붕괴를 불러왔고 사람과 동물 모두 삶의 터전을 잃고 떠돌거나 죽어 가는 결과를 낳았다. 사고 뒤 많은 시간이 흘렀지만 아직도 고향을 잃은 사람은 집으로 돌아가지 못하고 주인과 헤어진 반려동물의 비참한 생 또한 계속되고 있다. 15만 명에 달한다는 후쿠시마 원전 난민은 언제 고향으로 돌아갈 수 있을까. 그러나 1986년에 일어난 체르노빌 원전 폭발 사고 지역 주민들도 아직 고향으로 돌아가지 못했다.

책은 우리에게 몇 가지를 돌아보게 한다. 우리나라에도 고리, 월성, 영광 등지에 원자력 발전소가 있다. 정부는 안전운용을 장담하지만 실상 위험을 잘 관리하는 것에 불과하다. 동일본 대지진처럼 손 쓸 수 없는 천재지변 앞에 인간이란 얼마나 무력한가. 문명의 삶이란, 날카로운 칼날 위에 서 있는 것처럼 위험을 껴안고 사는 일임을 새삼 실감한다.

책 속에서 우리는 아픈 시선과 마주한다. 돼지 축사에는 겹겹이 쌓인 시체들 사이로 간신히 살아남은 돼지들이 서로 의지하며 힘없이 기대어 죽음만을 기다리고 있었다. 그러나 지옥에서 용케 살아남은 이들을 기다리는 건 결국 살처분의 운명. 귀에 들려오는 듯한 핏빛 아우성은 구제역 살처분을 경험한 우리에게 결코 낯설지 않은 풍경이다. 살아남은 소들 또한 뼈만 남은 상태로 사람들이 다가가자 세상에서 가장 슬픈 울음을 토해 낸다. 물그릇을 내밀자 조금 먹다가 이내 게우고는 주저앉은 채 눈물을 주르륵 흘리는 소. 누군가의 빈 집에는 개 한 마리가 조용히 죽어 있다. 목줄만 풀었어도 다니면서 먹이를 찾을 수 있었을 텐데, 이삼일이면 돌아올 거라 생각했던 주인의 다급한 걸음이 원망스럽다. 아니, 이런 지옥의 풍경을 만들어 낸 인간들의 탐욕과 문명이 무섭다. 이 모든 게 단지 바다 건너 일본의 일일 뿐이라고, 우리와는 아무 상관없는 일이라고 누가 말할 수 있을까. 인간에 대해, 더불어 살아가는 동물에 대해 다시 한 번 깊이 생각해 본다.

〈울지 않는 늑대〉는 원래 어른들에게 자주 권하던 책이었는데 청소년들이 의외로 재미있게 읽었다는 평을 많이 전해 주고 있다. 늑대라는 게 우리들에게 어떤 동물이었던가. 특히 여자들에게 '늑대'가 주는 상징성은 불안과 공포 그 자체가 아니었나. 늑대에 대해 아무것도 알지 못하면서 우리는 그저 이 사회가 심어 준 늑대라는 상징성만을 기호로 받아들이고 있었고, 그게 늑대들에게 얼마나 미안한 일이었는지를 이 책을 보며 알게 됐다. 오랜 시간 늑대를 관찰하고 연구했던 저자는 늑대란 야비하고 공격성 짙은 폭력배가 아니라 평화와 공존을 사랑하는 동물이라고 말한다. 일생 동안 하나의 배우자와 짝짓기를 하며 가족에 충실하고 헌신하는 이 동물에게 사회는 왜 그런 잔혹한 이미지의 굴레를 씌웠을까? 책은 우리에게 단순히 늑대에 관해서가 아니라 인간이 자신의 필요로 이데올로기를 만들어 가는 과정에 대해 눈을 뜨게 해 준다.

누구에게나 꿈꾸는 '내 집'이 있을 것이다. 나도 갖고 싶은 집이 있었다. 그러나 그 모양은 계속 달라져서 어렸을 때 막연히 동경하던 언덕 위의 하얀 집을 지나, 단아한 정취를 풍기는 툇마루 한옥을 거쳐, 푸른 수레국화 가득한 꽃의 정원을 가진 프로방스 주택에 이르렀다. 집의 형태는 달라져도 한 가지 변함없는 사실은 오직 그 집 안에 글을 쓸 수 있는 나만의 작업실, 그리고 책으로 가득한 서재를 갖추는 것이다. 이렇게 마음으로 품은 내 집엔 이름도 있어야 했다.

오래 생각했지만 뭔가 마뜩찮던 중에 김탁환 작가의 '백탑파' 시리즈 소설을 읽게 되었다. 2003년에 〈방각본 살인 사건〉이 시리즈 첫 권으로 나왔고 2005년에는 〈열녀문의 비밀〉이, 2007년에는 〈열하광인〉이 출간되었는데 나는 이 시리즈의 열렬한 애독자가 되었다. 17-18세기 영정조 시대에 호기심을 갖고 이 시대 이야기를 다룬 책들을 본격적으로 찾아 읽게 된 것도 이들 소설이 계기가 되어서였다.

지금의 탑골공원 안에 있는 원각사 탑이 대리석으로 지어 하얗게 빛났기에 백탑이란 이름으로 불렸다고 한다. 개혁 군주 정조 아래 새 시대의 열망과 혁명을 꿈꾸던 젊은 지식인들이 백탑 아래 모여 '맑은 인연'을 맺었고 백탑파라 불렸다고 소설은 쓰고 있다.

달빛 속에 청아하게 빛나는 백탑 아래 모여든 젊은 열정을 동경하며 나는 내 집의 이름을 결정했다. '청연재(淸緣齋)'. 맑은 인연이 맺어지는 집. 사람 사는 세상에 대한 꿈과 열망으로 우정을 나누었던 백탑파 사람들처럼 나도 그런 이들과 소중한 만남과 인연을 맺어 가는 집을 가꾸고 싶었다.

괴산으로 새 집을 지어 이사 오면서 나는 서예를 하시는 작은아버님께 부탁해서 편액으로 쓸 글자를 받아 두었다. 한옥처럼 편액을 걸어 둘 누마루는 없어도 거실 대들보에 내 집 이름을 걸어야지 했다. 그러나 내 집은 내 집이 아니어서, 곧 책방이 되고 민박집이 되었다. 집은 정한 이름 그대로 맑은 인연들이 모여드는 곳이 되어 '청연재'의 소망은 이루었으나 정작 그 이름을 사용하지는 못하고 '숲속작은도서관'의 이름을 이어받아 '숲속 작은책방'이 되었다.

그러나 이 집에서, 나는 내 집의 이름을 선사한 소설가 김탁
환 작가를 만났다. 작은 동네책방을 사랑하는 김탁환 작가는
내가 청하기도 전에 시골구석까지 먼저 찾아와 주었고 이후 숲
속작은책방을 가장 많이 찾은 작가가 되었다.

세월호 이야기를 담은 〈거짓말이다〉를 썼을 때도, 광대 달문
의 이야기를 담은 〈이토록 고고한 연예〉를 썼을 때도 책방에선
작가 만남 행사를 가졌다. 그리고 2018년, 메르스 마지막 환자
이야기를 담은 소설 〈살아야겠다〉는 그해 '숲속작은책방이 선정
한 올해의 소설'이 되었다. 연말에 작가님을 모시고 북클럽 회원
들과 함께 소박하지만 즐거운 시상식을 거행하기도 했다.

지극히 주관적인 평가와 선정이었으나 나름의 근거를 알려
야겠기에 수상작 선정 이유도 글로 남겼다.

사르트르는 '작가란 폭로하는 사람'이라고 했습니다. '세계를
드러내고 누구도 그 세계에 관해 책임이 없다고 회피할 수
없도록 하는' 문학의 힘을 저는 믿습니다. 〈살아야겠다〉는 제게
그런 소설로 읽혔습니다.
제게 문학이란 그런 것입니다. 삶에 대해 가르쳐 주고 진실과
거짓 사이, 빛과 어둠 사이, 나와 타인의 사이에 흐르고 있는
깊은 강을 응시하며 끊임없이 질문하고 생각하게 만드는
것입니다. 그런 문학이 독자로서 내 가슴을 덥히고, 일어나

걷게 합니다. 2018년, 한 해가 저물기 전에 마지막으로 읽었던 김탁환 작가의 〈살아야겠다〉는 제가 오래 품고 있는 '문학이란 무엇인가, 작가란 무엇인가'라는 질문에 응답해 준 올해의 소설입니다.

김탁환 작가의 실천적인 현실 인식과 참여를 나는 늘 감탄의 시선으로 바라보고 있다. 사람들은 흔히 직면하기 힘든 괴로운 현실을 만나면 거기서 고개를 돌려 버리고 만다. 그러나 김탁환 작가는 고통 속으로 정면으로 걸어 들어가 그 고통을 자신의 것으로 껴안고 불면의 밤을 견디며 소설가로서 자신이 할 수 있는 일들을 해 왔다.

전국 동네책방들을 돌아다니며 강연을 하던 작가는 어느 날 '마을'을 만났다. 잊지 못할 만남을 가졌고 그 가운데 섬진강에서 만난 인연을 책 〈아름다움은 지키는 것이다〉로 써냈다. 그러더니 급기야는 책의 인연을 만들어 준 전남 곡성에 작업실을 열고 본격적으로 마을의 이야기를 써 나가고 있다. '백탑파'를 탄생시킨 역사소설가에서, '세월호'가 계기가 된 사회파 소설가에서, 이제는 마을 소설가로 거듭나고 있는 이 작가와 매년 만나는 일이 즐겁고 또 기쁘다.

그런데 작가님, 괴산에도 이야기할 '마을'들이 있습니다.

어린 시절, 나를 정의하는 별명 중 하나는 '암기의 여왕'이었다. 한 번 본 걸 잊어버리지 않고 잘 외워서 주변 사람들이 깜짝깜짝 놀라곤 했다. 시작은 교회였다. 유년기부터 꾸준히 성경 암송대회에 출전했는데 항상 1등을 놓치지 않았다. 무언가를 외우는 일이 그리 힘들지 않아 '팝송으로 배우는 영어' 따위를 집어 들고 팝송 가사도 많이 외웠었다. 국어 과목을 좋아하고 문학을 좋아해 당연히 시도 많이 외웠다.

어른이 된 뒤부터 '암송'과는 이별을 했다. 뭔가를 외울 필요도, 외운 걸 써먹을 일도 없었다. 회식이나 모임에서 시를 외우면 바보가 되는 세상이었다. 휴대폰이 나왔고, 심지어 머릿속에 수백 개씩 쓸데없는 전화번호까지 다 외우던 내 뇌는 퇴화하여 집 전화번호도 외우지 못하는 지경에 이르렀다. 무언가를 저장해 두지 않아도 좋은 시대, 필요할 때면 언제나 손안의 백과 사전을 펼쳐 검색으로 해결할 수 있는 시대, 홀린 듯이 그 시대에 빠져들어 살았다.

그러다 시골에 왔다. 이곳에 와서 가장 큰 변화는 밤 12시에 별을 보며 심야의 산책을 하는 것이다. 그 시간 어둠에 쌓인 뒷산 그림자가 얼마나 은밀한지, 사람의 목소리가 모두 사라진 빈 자리에 짐승과 새와 곤충, 잠들지 않는 자연의 소리로 꽉 들어찬 숲속이 얼마나 신비로운지. 도시에서는 결코 알 수 없었던 숨겨진 시간의 틈을 걷는 느낌이 너무 좋았다.

생각해 보면 도시에서 나는 이런 깊은 밤을 만나 보질 못했다. 아무리 어두워도 밤을 지새우다 내다보는 골목에는 가로등 불빛이 그윽했고 자동차는 간헐적으로 거리를 가로질러 간다. 희미한 그 밤의 그림자가 참 좋다고 생각했던 적도 있었는데 돌아보니 나는 사실 그동안 밤을 잃어버리고 살았던 거였다. 지구는 낮과 밤을 함께 품고 있으며, 밤은 소리 없이 다가와 우리들 곁에 자장가를 불러 주고, 무엇보다 수만 년 전 우릴 향해 발산했던 별의 목소리를 들려주는데, 도시에 사는 우리들은 누구도 그 별의 목소리를 수신하지 않았다.

한밤 산책의 동무는 나비와 공주, 고양이 두 마리다. 앞서거니 뒤서거니 숨바꼭질을 하고, 꼬리잡기도 하며 나와 함께 밤을 걷는 이 생명체의 존재가 경이롭다. 그믐날이면 아무리 애써도

술래는 나비를 찾지 못하고, 보름날 밤이면 공주의 흰 빛깔 몸이 어디서도 감춰지지 못한다는 걸 알았다. 동네에 가로등도 없어 완벽히 깜깜한 밤하늘을 올려다보노라면 원래도 좋아했던 윤동주 '별 헤는 밤'이 절로 외워진다.

계절이 지나가는 하늘에는
가을로 가득 차 있습니다

나는 아무 걱정도 없이
가을 속의 별들을 다 헬 듯합니다

가슴 속에 하나 둘 새겨지는 별을
이제 다 못 헤는 것은
-윤동주, 〈별 헤는 밤〉, '별 헤는 밤', 민음사

못 헤는 것은, 더 이상 시가 생각나지 않기 때문이다. 나는 휴대폰을 든다. 시를 찾아보고 읽는다. 아니다, 이건 아니다. 이건 걸으며 외워야 하는 시다. 그래서 나는 시를 외우기 시작한다. 결심은 장하지만, 그러나 시는 좀처럼 외워지지 않는다.

참 신기한 건 어렸을 때 외웠던 시들은 그래도 잊지 않고 마음 어딘가에 남아 있어 크게 노력하지 않아도 이내 다시 외워진다. 이육사의 '광야'도, 사춘기 때 내가 너무 좋아했던 유치환의 '생명의 서'도, 한두 번 노력하니 금세 다시 외울 수 있었다. 그런데 어른이 되어 외웠던 시, 혹은 지금 이 나이에 새삼 외워 보자 하는 시는 정말 외워지지가 않는다. 기형도의 시를 20대 시절부터 아마도 수십 번은 더 외워 읽었는데도 지금 다시 외워 보니 다음 날이면 새까맣게 까먹는 절망감이라니.

어느 날, 책방에 중년의 손님들 여러 명이 들어섰다. 경북 상주에서 온 시 암송 동아리 분들이다. 대부분 나이가 나보다 한참 위인 이 분들은 2012년 7월 1일 백석 시인 생일에 처음 모여 그때부터 2주에 한 번씩 만나 시를 외우는 모임을 하고 있다. 벌써 외운 시가 수백 편에 이른다고 했다. 깜짝 놀랐다. 그리고 그동안 나이와 세월을 탓하며 노력은 하지 않은 채 몹쓸 기억력이라고 포기해 버렸던 내가 부끄러웠다. 그분들은 조용히 앉아 한 명씩 돌아가며 자신이 좋아하는 시 한 편씩을 눈을 감고 외웠다. 그 시간이 너무나 아름다워 눈물이 났다.

내가 외우진 못하겠지만, 외우고 싶은 시 중엔 에밀리 디킨슨의 영시도 있다.

당신을 칭찬해도-될까요? 그렇다면 해 볼게요
딱히 새로운 얘기는 아니지만-
가장 진실한 진실

당신은 천상의 존재예요

당신을 보고 있으면 분명
우리는 하늘의 존재
당신과 함께 누리는
불멸의 보증서

Extol thee-could I? Then I will

By saying nothing new –

But just the truest truth

That thou art heavenly.

Perceiving thee is evidence

That we are of the sky

Partaking thee a guaranty

Of immortality.

-에밀리 디킨슨 지음 , 박혜란 옮김, 〈마녀의 마법에는 계보가 없다〉,

파시클출판사

에밀리 디킨슨은 19세기 미국에서 태어나 55년 5개월의 시
간을 세상과 교류하지 않고 밖이 내다보이는 자기 방 창문 앞에

책상 하나를 놓고 앉아 평생 2000편이 넘는 시를 썼다. 현실에 발을 딛지 못해 자기 집 문턱을 넘지 못하고, 일생 동안 쓴 시를 세상에 내보내지도 않은 채 자기만의 삶을 살았던 시인. 죽을 때까지 흰옷만 입고 평생 자기만의 방에 갇혀 살았던 이 여인은 그러나 월트 휘트먼과 함께 영미 시의 새 지평을 열었다고 평가받고 있다. 신비하고 고요한 삶만큼이나 그의 시는 고요하게 마음으로 젖어 들어온다.

영어로 외우고 싶지만, '영알못(영어를 알지 못하는)'에 이제 우리말도 잘 못 외우는 내게는 언감생심이다. 게다가 옛날 영어라 입에 익지도 않는다. 대신 나는 필사를 한다. 노트에 한 줄 한 줄 영어로 적어 내려가는 필사는 지적 허영을 만족시키며 우리말 필사와는 또 다른 즐거움을 준다.

시집은 아니지만 내가 좋아하는 책 중에 〈백세개의 모노로그〉가 있다. '배우, 자유로운 인간을 위한'이라는 부제가 붙어 있는 것처럼 이 책은 연극영화과 교수인 편저자가 연기를 배우는 학생들을 위해 엮은 책이다. 서문에 쓰고 있는 것처럼 마치 '어린이를 위한 피아노 소품집에 비교될 수 있고 열 손가락의 터치를 위한 하농에 비교될 수 있는' 책이다. 책에 모아 놓은 글들은 배우가 내면 연기를 연습할 수 있게 해 주는 모놀로그(독백)들이다. 소리 내 글을 읽으면서 배우로서 자신을 풀어내는 연습을 하라는 뜻인데 그래서인지 낭독할 때 연극 같은 감동을 불러일으키는 좋은 글들이 많다. 나는 배우는 아니지만, 가끔 이 글들을 꺼내어 소리 내 읽어 본다.

어제는 어릴 때 찍은 사진을 보게 됐어요. 느닷없이 말이죠.
열 살 때 찍은 사진이었죠. 그 사진을 들여다보면서 난 새로운
사실을 알아냈어요. 내가 누군지 나 자신도 모른다는 놀라운
사실이었죠. 인정하기가 어렵더군요. 내가 누군지 전혀 감도
잡히질 않았어요. 항상 남들이 시키는 대로만 살아왔으니까요.
아주 어릴 때부터 순종 잘하고, 적응 잘하는 줏대 없는
아이였죠. 생각나요, 어려서 한두 번 내 주장을 내세우다가
엄마한테 혼난 사실이. 언니나 나나 늘 상냥한 여자가 되도록
교육을 받았죠.
-최형인 지음, 〈백세개의 모노로그〉, '결혼생활의 장면들' 중에서, 마리안느-
잉그마르 베르히만 작, 청하출판사

결국 두 주일 만에 난 빠리로 돌아왔습니다. 밤에, 그것도
누구의 마중도 없이 혼자서 돌아왔죠. 그리고 좌절과 절망의
오랜 방황으로부터도 돌아왔음을 알았습니다. 사람이 절망의
밑바닥까지 떨어지면 다시 올라올 수밖에 없다던 랑베르
의사의 말씀이 맞았는지도 모르죠. 난 이제 어디에도 날 도울

손길이 없다는 사실을 알았습니다. 내 스스로 나 자신을 도울 수밖에요.

-최형인 지음, 〈백세개의 모노로그〉, '위기의 여자' 중에서, 모니끄-시몬느 드 보봐르 작, 청하출판사

감정을 넣어 소리 내 글을 읽다 보면 달라지는 주변의 공기를 느낄 수 있다. 눈으로 조용히 책을 읽을 때와는 다른 격렬함과 열정이 전해져 온다. 때로 그 열기가 온몸으로 퍼져 마음과 함께 몸이 반응하는 독서의 또 다른 세상 속으로 들어가게 된다.

그래서 나는 시를 외우는 걸 좋아한다. 소리 내 책 읽는 걸 좋아한다. 아직 내게 삶의 시간들은 남아 있고, 비록 오늘 외운 시를 내일 잊는다 할지라도 오늘도 나는 시를 외운다. 햇볕 따스하고 바람 살랑살랑 불어오는 날, 해먹에 누워 시를 외우는 그 시간. 사방이 고요한 심야의 산책길에 소리 내어 시를 외우며 고양이들과 산책하는 그 시간이 내 삶의 안식처 '퀘렌시아(Querencia)'다.

로컬이 미래다, 지역과 함께하는 힘

서점을 열고 7년째, 개인적으로는 '도시도 아닌 외딴 시골에서 과연 유지 운영이 가능할까'라는 지인들의 우려를 딛고 괴산이라는 농촌 지역에서 동네 책문화 사랑방으로 정착하며 꾸준히 성장하는 중이었다. 그러나 급작스럽게 다가온 코로나19는 이런 우리의 일상을 위협했다. 철없는 직원의 마음은 고요했으나 묵묵히 땅을 파고 옥수수를 심고 고구마를 심던 사장님의 심정은 헤아릴 길이 없었다. 그 작물들을 멧돼지들이 일제히 수확하고 지나간 날, 흙빛처럼 어두운 얼굴로 결산을 보던 사장님 표정이 우는 것인지, 웃는 것인지 하회탈처럼 보기 좋게 구겨졌다. 한 해 동안 책방을 찾은 방문객 숫자는 형편없이 떨어졌는데 매출 손실액이 그리 크지 않았던 것이다. 거듭 매출전표를 확인하던 우리는 이유를 알아냈다. 지역 이웃들의 힘이었다.

책방과 시골의 함께 살기

괴산에서 이런저런 마을 활동을 하고 있는 학교와 단체에서 집중적으로 책을 사 주었던 것이다. 지역 학교 납품은 많지 않지만 납품 외에 어린이들 입학 선물이라든가, 상품이라든가, 교사들 연수용 도서처럼 단체구입이 필요할 때마다 책방에 의뢰해 주었다. 문화 활동을 할 때면 어김없이 책을 활용한 활동을 많이 기획했고 그때마다 도서를 구입했다. 체험 활동 예산이 조금씩 남았을 때도, 책방에서 책을 구매하는 것으로 사업을 마무리했다. 이런 지역의 예산이 십시일반 모여 손님 없는 시골 책방을 살리는 커다란 동력이 되었다.

서점 초기엔 지역과 관계 맺기에 고민이 많았고 관내 서점이 있음에도 타 지역에서 도서 납품을 받는 학교와 기관들 때문에 마음에 울화도 많았다. 해당 기관은 아무 생각이 없는데 거의 싸울 듯이 떼를 써서 납품을 받아 낸 적도 있었다. 관행을 고치는 게 중요하다고 생각해서 한 행동이지만 마음이 좋지만은 않았다. 시간이 쌓이면서 자연스럽게 관계를 맺고 신뢰가 생겨났다. 어떻게든 책방이 잘 살아남을 수 있게 힘과 애정을 보태 주는 이들이 늘어 갔다. 우리도 모르는 새 그 힘이 커져서 위기가 홍수처럼 밀려올 때 든든한 방죽이 되어 우리를 지켜 주고 있었던 것이다.

전국의 동네책방들이 겪는 어려움은 대개 비슷해서 우리들은 함께 힘을 모아 보다 발전적인 미래를 모색해 보자는 취지로 2018년 말, '전국동네책방네트워크(책방넷)'라는 단체를 만들었고 현재까지 130여 개 책방이 회원으로 함께하고 있다. 책방들의 논의를 모아 동네책방을 살리고 지역도 살리고 책문화도 살려 보자는 뜻으로 2020년, 모두가 함께할 캠페인을 만들었는데 그것이 바로 '바이 북, 바이 로컬(Buy Book, Buy local)' 캠페인이다.

'바이 로컬'이란 단어를 처음 접한 곳은 미국 여행길에 들렀던 작은 동네 서점이었다. 입구를 비롯해 서점 곳곳에 스티커가 붙어 있었는데 구호가 매우 현실적이었다.

"지역에서 100달러를 사용하면 지역 경제에 68달러가 돌아오는데 대형 프렌차이즈 서점에서 책을 사면 43달러밖에 돌아오지 않는다."

"로컬 비즈니스는 지역에 일자리를 만든다."

"우리가 낸 세금이 밖으로 나가지 않고 고스란히 우리 지역을 위해 쓰인다."

로컬푸드를 지키자는 것으로부터 시작된 '바이 로컬' 캠페인을 미국의 독립서점협회가 가져오면서 '바이 북 바이 로컬'로 발전시켰다. 온라인과 대형 프랜차이즈 서점의 편리성에 의존하기보다는 동네에서 걸어가 만날 수 있는 책방을 찾고, 직접 종이책의 실물을 확인하면서 책을 구매하자는 운동이다.

때맞춰 '바이 로컬'의 의미와 실천은 어떤 것인지를 설명해

책방과 시골의 함께 살기

주는 로컬의 교과서와도 같은 책이 출간되었다. 40년 동안 로컬 경제운동에 앞장서 온 선구자 헬레나 노르베리 호지가 한국의 지역 출판사와 함께 기획하고 만든 〈로컬의 미래〉다.

헬레나 노르베리 호지는 1975년 '작은 티베트'라 불리던 라다크를 방문하고 비록 물질적으로는 풍요롭지 않아도 공동체 문화를 유지하며 행복하게 살아가는 모습에 감동받아 〈오래된 미래〉라는 책을 썼다. 그러나 이후 10년 동안 글로벌 경제가 도입되면서 공동체는 무너지고 사람들이 망가져 가는 걸 목격하고 충격을 받았다. 그때부터 그는 세계화의 대안으로 '지역화(Localization)'를 외치는 로컬 전도사가 됐다.

지금 새로이 생겨난 동네책방들을 비롯해 각 지역에서 오래도록 자리를 지켜 온 향토서점들은 지역사회 독서문화 활성화를 위해 다양한 활동을 펼치고 있다. 지역주민들은 도서관보다 좀 더 자유롭고 열린 분위기를 지향하는 서점이라는 공간에서 책을 매개로 문화를 만들어 간다. 나아가서는 지역의 사람과 공간이 점점이 연결되어 우리 지역의 생활문화 지도를 만들어 내고 지역 공동체가 회복되고 자신이 살고 있는 지역에 애정을 갖게 하는 것. 돈으로 결코 환산할 수 없는 만남과 소통과 향유의 가치로 바꿔 놓는 것. 그런 일들이 우리가 바이 로컬 캠페인을 통해 할 수 있는 일이다.

괴산에는 우리보다 앞서 이렇게 마을 활동과 지역 네트워크를 꾸린 이들이 많다. 책방을 열었을 때 가장 먼저 도움을 주었던 사람도 그들이다. '한살림'을 중심으로 생산자 모임을 꾸리고 있는 이들, 마을학교 운영자와 문화 교육 활동가들, 지역 작은도서관과 어린이집, 청소년 북카페를 꾸리는 이들, 귀농귀촌하여 자기 터전을 일구고 다양한 지역 활동을 이어가는 이들이다. 우리가 처음 귀촌했던 '시골'은 우리에게 큰 상처와 아픔을 주었지만, 결국 우리에게 선의를 베풀고 다가온 이들도 그 '시골'이었다. 책방은 이웃에게 무엇으로 그런 '시골'이 되어 줄 수 있을까.

여전히 주는 것보다는 받는 것에 더 익숙한 철없는 책방지기를 대신해 네트워크를 이어 주는 이들이 북클럽 친구들이다. 우리 책방엔 두 개의 북클럽이 있다. 책방을 처음 열고 가장 먼저 시작해 6년째 책모임을 이어 가고 있는 목요 북클럽, 그리고 지난해 새롭게 시작한 금요 북클럽. 평소엔 각자의 자리에서 자기 삶을 살지만 함께 책을 읽으며 서로의 삶을 읽어 가고 있다. 책방지기로서 소원이라면 이런 북클럽이 더 많이 만들어지는 것이다. 책방을 중심으로 같이 책을 읽고 책방을 지키는 든든한 친구들이 더 많이 생겼으면 한다.

북클럽 친구를 통해 괴산의 청년 농부를 알게 되었다. 괴산에서 나고 자라 도시에서 대학을 마치고 다시 고향으로 돌아와 농부가 된 청년 김성규. 할아버지 아버지와 함께 삼대가 일군 땅에 농사를 짓고 영농조합법인을 만들어 농업 경영체를 운영하고 있다. 1만 제곱미터 너른 땅에 사과, 복숭아, 옥수수, 감자, 콩 등 괴산에서 나는 작물은 모두 짓고, 현대화된 방법으로 유통을 꾀하고 있다. 그 외에도 내가 알지 못하는 20-30대 청년들이 괴산 곳곳에서 우리 토종 씨앗을 지키고, 버섯농사를 짓고, 돼지를 키우며 농업 혁신을 이루려 한다. 이런 청년 농부들의 삶을 책으로 엮어 괴산의 이야기를 알린 사진작가, 괴산에서 살며 느낀 일상의 소회와 사계절을 담은 책을 만들어 낸 독립출판 작가 덕분에 지역은 점점 더 풍요로워진다.

그리고 누가 시킨 것도 아니건만 지역 곳곳을 누비며 활동가들을 찾아내고 알리고, 나서서 도우며, 서로 연결시켜 주는 마을 사랑꾼 '시골 아가씨'가 있다. 그의 역량은 마을을 뛰어넘고 국경을 넘어 '국제부장' 명패를 달았다(그렇다, 곧 다가올 시골 책방 한류시대를 대비해 국제부장을 미리 보유하고 있는 시골 책방이다. 어흠!).

또 책방에 와서 '내돈내산(내 돈 내서 내 것을 산다는 뜻)' 할뿐더러 시간까지 할애해 자발적으로 책방 홍보대사를 맡고, 괴산에 방문하는 모든 이를 책방으로 모셔오는 큰언니 덕분에 시골 책방엔 교육문화계 명사들의 발길과 응원이 끊이지 않는다.

이런 이들이 괴산 곳곳에서 의지와 열정으로 지역 혁신을 일구고 있는 모습을 보고 있자면 언젠가 이곳은 정말 우리가 꿈꾸던 그런 시골이 될지도 모른다는 희망을 품게 된다. 로컬에 미래를 걸어 보고 싶은 것이다.

3장

작은 책방에도
장르가 있다

천 권의 책, 천일 동안의 삶

좋아하는 책을 말해야 오늘 밤을 살아남을 수 있다면 나는 천일 동안 쉼 없이 책의 이름을 대고는 기어이 살아남을 것이다. 그 가운데는 폭풍같이 휘몰아쳐 내 감정을 흩어 놓은 것도, 도끼처럼 내 생각을 쪼개 버린 것도, 읽을 때는 한없이 비밀스러웠으나 읽고 나선 미련 없이 던져 버린 것도 있을 테다. 그 천 권의 책을 한 줄로 세워 일일이 무게와 경중을 잰다면 어떨까?

이 책은 50여 년 살아온 당신 영혼에 12그램의 살과 피를 보탰습니다. 이 책은 영혼의 표피에 작은 실금을 그어 두통이라는 후유증을 남겼습니다. 오오 이 책으로 말미암아 당신 영혼의 핏줄은 터져 버리고 몇 날 며칠 동안 붉은 피를 뚝뚝 떨구었군요. 영문을 모른 채 알 수 없는 식욕에 번들거리는 입술로 붉은 살코기들을 흡입한 게 바로 이 때문이었답니다.

작은 책방에도 장르가 있다

그래픽 노블 〈심야 이동도서관〉은 바로 이렇게 '평생 동안 읽은 내 독서의 편력을 모아 놓은 곳이 있다면'이라는 가정으로 시작한다. 한밤중 인적 없는 거리에서 우연히 만난 캠핑카, 그 안 책장에는 내 삶이 스며 있는 책들이 있다. 어린 시절 아파서 결석했을 때 읽었던 책, 밤늦게 몰래 읽던 금지된 책, 〈율리시스〉처럼 남들이 중요하다고 해서 억지로 읽으려 애쓰던 책.

눈물에 가려 앞이 잘 보이지 않았다. 찻잔을 서랍 위에 놓고 이동도서관 뒤쪽으로 비틀거리며 걸어갔다. 거기서 나는 위안을 찾았다. 손등으로 코를 훔치고 서가를 둘러보았다. 꽃에서 정성스레 추출한 향이 향수에 담겨 있듯이, 책장에 꽂힌 책들에는 내 삶이 스며 있었다. 나를 바람맞힌 소개팅 상대를 기다리며 카페에서 읽은 바버라 터크먼의 〈희미한 거울〉이 보였다. 여러 번 읽어 두툼해진 〈안나 카레니나〉도 있었다. 나는 〈중력의 무지개〉를 집어 들었다. 책을 펼치자 글이 57쪽까지만 있고 그 뒤로는 없었다. 끝까지 읽지 못한 책이었다. 내가 읽다 만 페이지에 아이스크림 막대가 꽂혀 있었다.
-오드리 니페네거 지음, 권예리 옮김, 〈심야 이동도서관〉, 이숲

만일 내가 주인공처럼 나의 심야 이동도서관을 만난다면, 그 서가를 거닐 수 있는 기회가 온다면 나는 거기에서 어떤 삶

을 만나게 될까. 초등학교 때 언니의 국어 교과서에서 읽고 그 기억을 떨쳐 내지 못해 괴로워하던 김동인의 '붉은 산'과 같이 피처럼 붉은 줄이 죽죽 그어져 있을까. 중학교 때 역시 언니가 읽으려고 샀던 〈불꽃의 여인〉에서 만난 시몬 베유, 노동자에 대한 연민으로 연대하다 꼬챙이처럼 마른 몸으로 죽어 가던 그 고결한 얼굴을 잊지 못해 사회운동가를 꿈꾸던 나의 사춘기가 박제되어 있을까. 취업한 언니가 통 큰 할부로 사들인 세계문학전집, 하필 그중에 내 눈에 가장 먼저 띈 다자이 오사무의 〈사양〉을 읽고서 '혁명가의 아내' 되기를 꿈꾸었던 당돌한 청소년 시절이 새겨져 있을까.

〈심야 이동도서관〉의 저자는 책 읽는 여자의 비밀스러운 삶에 관한 이야기를 쓰고 싶었다고 한다. 작가는 맺음말에서 우리에게 이런 질문을 던진다.

도서관은 사후 세계이고, 한 사람이 읽은 모든 글이 보관된 낡은 캠핑카는 천국이다. 이 천국은 대체 무엇일까? 우리가 몇 시간씩, 몇 주씩, 평생토록 책을 읽으며 갈망하는 것은 무엇일까? 오후의 완연한 햇살 아래 아늑한 의자에 앉아 아끼는 책을 영원히 읽을 수 있다면, 여러분은 무엇을 희생할 수 있겠는가?

-오드리 니페네거 지음, 권예리 옮김, 〈심야 이동도서관〉, 이숲

어쩌면 이 질문에 답을 하기 위해 나는 평생 동안 그토록 많은 책을 찾아 방랑의 길을 떠났는지 모른다. 햇볕도 들지 않던 학교 도서관 한구석에서, 책상의 모든 모서리마다 책으로 벽을 쌓아 올렸던 잡지사 내 자리에서, 지하 만화방에서, 그리고 결혼 뒤 처음으로 가졌던 내 집, 내 서재 방에서, 그 수많은 책을 읽기 위해 내가 희생했던 건 과연 무엇이었는지 기억할 수 있을까. 기억할 수는 없어도 어쩌면 그 희생들이 지금 나를 외딴 시골 책방 문지기로 만들었을지도 모를 일이다.

그래서 책으로 가득한 이 집에서 지금 나는 행복한가. 나의 책 읽는 오늘은 그 어떤 날들보다 더 좋았던 날로 기록될 수 있을까. 천 일 동안 천 권의 책 이름을 부를 수 있었던 나는 이제 살아남았음에 축복의 잔을 들어야 하는가. 지금 내가 쓰고 있는 이 책은 다른 누군가의 천 권이 될 수 있을까.

잠이 오지 않는 밤이면 나비와 공주, 책방 고양이 두 마리와 앞서거니 뒤서거니 심야 산책을 하며 이 천 권의 이름을 잊어버리지 않게 외우고 또 외워 본다.

작은 책방에도 장르가 있다

'가정식 책방'이라는 말은 사실 좀 쑥스러워서 붙인 이름이다. '서점'이라고 간판은 달아 놓았으나 막상 들어서면 개인 서재인지 영업 장소인지 분간이 안 되는 공간. 처음엔 손님을 맞는 우리도 마치 내 집에 낯선 이를 들인 것 마냥 어색하기 짝이 없었고 호기심에 들어온 손님도 약간의 불편함과 당혹감이 있었다. 실제 생활하고 있는 가정집이기도 하니, 지극히 사적인 공간과 공공의 공간이 구분 없이 섞여 있는 묘한 형태였다.

그런데 이런 낯설고도 불편한 구조가 의외로 사람들의 호기심을 자극했다. 서점이라고는 하나 어쩌면 평생을 책덕후로 살아왔던 이의 개인 서재를 들여다보는 즐거움 같은 게 있었던 것 같다. 책을 좋아하는 이라면 누구나 한 번쯤 꿈꿔 봤을 만한 책으로 가득한 서재, 천장까지 책꽂이가 닿아 있고 편안한 소파와 작은 스탠드, 여기에 나른하게 졸고 있는 고양이까지. 그다지 세련된 그림은 아니지만 오래된 책 속 한 장을 펼쳐 놓은 듯한 편안함이 느껴지는 곳.

우리 부부가 처음 서점을 열었을 때 이곳은, 들어서는 독자들에게 책이 은밀하게 말을 걸어 주는 공간이었으면 했다. 누구나 책의 정신에 매혹당하는 공간, 마치 꿈을 꾸듯 서가를 서성이다 문 밖을 나서면 들어왔을 때와는 전혀 다른 공기의 새 세상을 만날 수 있게 삶의 변화를 주는 공간, 한여름 밤의 짧은 꿈과도 같은 공간, 우리들의 책방이 그런 곳이었으면 했다.

이와 같은 책공간이 전국에 많아지길 바랐고 그들이 자기의 꿈을 이루면서 소박하고 행복하게 잘 살아갈 수 있는 세상이 되었으면 했다. 아마도 그런 나라는 세상에서 가장 행복한 나라일 텐데 지구상에 있다면 누가 좀 알려 줬으면 했다. 그러던 중 읽게 된 책이 〈행복의 지도〉다. 미국 저널리스트 에릭 와이너가 쓴 책인데 "도대체 세상 어디를 가면 행복해질 수 있느냐고요?"라는 질문에 답을 찾아 1년 동안 세계를 여행하고 자신이 경험했던 나라들에 대해 쓴 책이다. 신랄한 비평과 유머로 가득 찬 이 책에서 저자가 막무가내로 쏟아 놓는 불평과 험담을 그대로 받아들일 필요는 없지만 그래도 그가 행복의 조건으로 지적하는 몇 가지 관점은 날카롭기 짝이 없다.

'돈이 많으면, 부자 나라면 행복한가'라는 물음에 그는 이렇

작은 책방에도 장르가 있다

게 쓴다. "GDP에는 로버트 케네디가 '시의 아름다움, 결혼 생활의 강점, 대중적인 논쟁의 지적인 특징'이라고 표현했던 것들이 포함되지 않는다. 케네디는 GDP가 '삶을 가치 있게 만들어 주는 것들을 제외한' 모든 것을 측정한다고 결론지었다." 그리고 사람이든 국가든 행복의 선행조건은 무엇보다 '신뢰'라고 말한다.

그는 세상에서 가장 불행한 나라로 옛 소비에트 연방에서 독립한 나라 몰도바를 들고 있다. 이유는 신뢰 부족이다. 이 나라 사람들은 서로를 믿지 않는다. 슈퍼마켓에서 자기가 구입한 물건을 믿지 않는다. 상표가 잘못 붙었을지 모르기 때문이다. 이웃도 믿지 않는다. 부패를 저지르고 있는지도 모르기 때문이다. 심지어 자기 가족도 믿지 않는다. 나를 빼놓고 뭔가 공모하고 있을지도 모르니까. 그리고 불행의 또 하나의 이유. 이 나라 사람들에게 자부심이라곤 전혀 없다는 점이다. 심지어 자신들의 언어도 자랑스러워하지 않는다. 몰도바 정부의 장관들 중에는 몰도바어를 못하는 사람도 있다. 그들은 러시아어밖에 못한다. 한마디로 몰도바에는 문화라는 게 없는 것이다. (이것은 내 말이 아니고 모두 저자가 책에 표현한 그대로를 옮긴 것이다.) 어쩌면 이토록 가혹할 수 있을까 싶을 정도로 저자는 신랄하게 쓰고 있다.

몰도바라는 나라가 정말 그런지 아닌지 나는 알 수 없다. 어떻게 한 나라에 몽땅 이렇게 나쁜 점만 있겠는가. 그리고 여기서 지적하는 이 지점들이 그 나라에만 있는 것도 아닐테다. 나는 그저 몰도바를 하나의 기호처럼 여긴다. 분명한 건 신뢰와 희망이 없는 나라는 불행한 나라라는 사실이다. 반면 그가 세상에서 가장 행복한 나라 중 한 곳으로 꼽고 있는 아이슬란드에 대해 쓴 내용은 흥미롭다. 요약하면 이렇다.

아이슬란드에서 작가는 대략 최고의 직업이다. 아이슬란드 사람들은 자기네 작가들을 무척 사랑한다. 이것은 일종의 자아도취다. 아이슬란드에서는 거의 모든 사람이 작가 아니면 시인이기 때문이다. '책 없이 사느니 헐벗고 굶주리는 편이 낫다'는 속담이 있을 정도다. 정부는 작가들에게 최대 3년 동안 후하게 보조금을 지급한다. 사실상 월급이라고 해도 될 정도다.

노벨상을 받은 아이슬란드 작가 할도르 락스네스는 "나는 굶주리는 예술가라는 말이 이해가 안 된다. 나는 한 번도 굶어본 적이 없다"라고 말했을 정도로 아이슬란드 사람들은 자기 나라 언어를 사랑하고 문학을 사랑한다. 이 작은 나라에선 작가와 예술가의 비율이 다른 나라보다 월등히 높다고 한다.

이 책을 읽으면서 우리나라 한편에 몰도바가 있는 건 분명한데 아이슬란드가 있는지는 느끼지 못했다. 그것이 오늘날 우리나라 사람들이 행복하지 않은 이유인지도 모른다. 저자의 말을 곧이곧대로 받아들이는 건 아니지만 어쨌든 그가 분석한 행복의 조건, 불행의 조건은 마음에 와 닿는다.

나는 우리나라에 아이슬란드와 같은 행복의 조건이 좀 더

깃들었으면 좋겠다. 모든 국민이 자국의 언어를 사랑하고, 정부는 작가와 예술가에게 기본 소득을 제공하고, 누구나 생계 때문에 예술가가 되기를 포기하지 않아도 되는 나라, 신뢰와 희망이 있는 나라였으면 한다. 그런 세상을 만드는 데 책과 도서관, 책방이 한몫을 담당할 수 있기 때문에 도서관과 서점이 많은 나라는 행복해질 가능성이 많은 나라라고 생각한다. 그리고 우리는 그런 행복의 지도를 따라가고 싶다고 꿈을 꿔 본다.

책방지기 내 인생의 책

서점에서 가장 중요한 요소 중 하나는 '북큐레이션'이다. 주제에 따라 서가를 구성하는 것인데 누가 어떤 관점에서 책을 고르냐에 따라 같은 주제라도 다른 내용의 서가가 나올 수 있어서 책방지기의 개성이 확실히 드러나는 방법이다. 책에 대한 정보가 부족하고, 수많은 책 중 어떤 책을 골라야 할지 어려움을 느끼는 독자들은 각 책방마다 책방지기 개성이 드러나는 이 큐레이션 서가에 열광하게 되었다. 운이 좋아 나와 취향이 비슷한 책방을 찾아내면 고민할 필요 없이 손에 집히는 대로 한 바구니 담아올 수도 있다. 작은 책방을 규정하는 말 중에 가장 대표적인 게 '취향을 공유하는 공간'이며 '북큐레이션이 장점인 곳'이 된 것도 이런 이유 때문이리라.

동네책방이 많아지면서 이런 다양성이 확보된 건 다행스런

작은 책방에도 장르가 있다

일이다. 그러나 책방들을 다녀 보니 모든 서가가 큐레이션 일색으로 되어 있는 서점은 다소 부담스럽게 느껴졌다. 책도, 영화도, 공간도 기승전결 없이 처음부터 끝까지 한결같기보다는 적절한 완급 조절이 필요한 것처럼 책방이라는 공간도 마찬가지 아닐까. 책방지기가 적절히 구성하는 북큐레이션이 포인트로 돋보이되 우리가 흔히 상식적으로 여기는 범주의 서가들이 또 적절히 배경으로 작동하는 것. 그럴 때 북큐레이션은 더욱 돋보인다. 뭐든 지나친 건 모자라는 것보다 나쁘다는 말을 많이 하는데 가끔씩 새로 생겨나는 화려한 서점들에서 나는 이런 의식의 과잉을 느끼곤 한다.

숲속작은책방도 나름대로는 '큐레이션 책방'이라는 말을 듣곤 한다. 그러나 우리 책방의 큐레이션은 치밀하게 잘 계산된 서가라기보다는 그저 책방지기가 좋아하는 책을 주관적 맥락에서 골라 놓은 정도다. 이런 큐레이션 서가는 조금씩 주제를 달리하면서 또는 독자 반응을 보면서 위치나 내용을 바꾼다. 그 가운데 그동안 서가의 위치는 조금씩 변동되었어도 내용만큼은 절대 바뀌지 않고 자리를 지키는 책들이 있으니 바로 책방지기 '내 인생의 책' 코너다.

'내 인생의 책', 말 그대로 내 삶에 결정적인 영향을 끼치거나 지침이 되었던 책, 혹은 인생행로를 바꿔 놓은 책, 세월이 흘러도 잊을 수 없는 사연을 가진 책이 이 범주에 포함된다. 어떤 이들은 이 질문 앞에서 머뭇거리기도 한다. 하나의 책을 콕 집어 얘기하기가 어렵다는 사람도 있다. 사실 사람의 인생이 책한 권으로 바뀌어 버리는 그런 일은 일어나기가 쉽지 않다. 혹은 변화의 순간에 확실한 계기를 제공하는 책이 있다 하더라도 그 한 권의 책이 그의 인생을 바꾼 것은 아닐 터이다.

그때껏 읽어 왔던 많은 책의 이야기가 쌓이고 쌓이다가 중요한 어느 순간, 뒤통수를 탁 후려치는 책을 만나게 되는 것이리라. 이것은 마치 구름 속에 가려진 햇빛이 반짝 나왔을 때, 하필 그 순간 밤새 내린 빗물에 흙더미가 씻겨 내려 숨겨진 보석의 반짝거림을 만나는 것과 같은, 그런 운명적인 찰나와도 같으리라. 그렇게 그 책은 내 인생의 소중한 한 권이 되었지만, 사실 그 한 권의 뒤에는 수많은 독서의 체험이 깔려 있다.

기회가 있을 때마다 이미 여러 번 이야기했지만 누군가 내 인생의 책을 물어볼 때면 가장 많이 대답하는 책은 〈그리스인 조르바〉다. 고전 명작이지만 호불호가 심하게 갈리는 책이면서 특히 여성 독자들에게 별로 호감 받지 못하는 책이다. 이 책을 내 인생의 책으로 추천하는 명사 중에는 남성이 훨씬 많다. 책을 좋아해서 책방을 여러 번 찾으셨던 수녀님은 내가 이 책을 이야기하자 깜짝 놀라면서 되물었다.

"어떻게 그 책을? 요즘 여성주의 시각에서 보면 있을 수 없는 이야기인데요?"

맞다. 젠더 감수성이라곤 전혀 없는 남자 조르바. 그의 거친 언행과 여성을 대상으로만 바라볼 뿐 주체적 인물로 보지 못하는 조르바는 꽤나 불편한 존재다. 그러나 언제나 이 책을 앞세우는 이유는 내가 인생 2막을 시작하는 데 결정적인 계기를 제공한 책이기 때문이다.

마흔을 앞에 두고 고민이 많았다. 30대 시절은 내가 온전히 나와 가족을 위해 살았던 시간이다. 결혼해서 아이를 낳고 안정된 삶의 토대를 이루려 발버둥을 치며 열심히 살았다. 10대와 20대 때 나보다는 이웃을, 좋은 세상을 위해 헌신하고 싶었던 꿈은 간 곳 없고 오직 나와 내 가족만을 바라보며 살았다. 그러다 30대 후반이 되어서 자신을 바라보게 되었다. 이제는 돈을 벌기 위해서가 아닌, 내 꿈을 위해서 살고 싶었다. 스스로 즐거운 일이면서 그 일이 사회에도 공공선으로 작용하는 그런 일을 하고 싶었다. 그때 읽은 책이 〈그리스인 조르바〉다.

조르바야말로 내가 오랫동안 찾아 다녔으나 만날 수 없었던 바로 그 사람이었다. 그는 살아 있는 가슴과 커다랗고 푸짐한 언어를 쏟아 내는 입과 위대한 야성의 영혼을 가진 사나이, 아직 모태인 대지에서 탯줄이 떨어지지 않은 사나이였다.
-니코스 카잔차키스 지음, 이윤기 옮김, 〈그리스인 조르바〉, 열린책들

머리만 커다란 지식인으로 한 번도 삶의 현장에 밀착되어 보지 못했던 작가는 조르바를 만나 자신의 부끄러운 삶을 한탄한다. 니코스 카잔차키스의 고백이 바로 나의 고백이었다. 내가 읽은 조르바는 이 한 줄로 요약된다.

나는 내 섬약한 손과 창백한 얼굴, 피투성이가 되어 진창을 굴러 보지 못한 내 인생이 부끄러웠다.
-니코스 카잔차키스 지음, 이윤기 옮김, 〈그리스인 조르바〉, 열린책들

부끄러웠다. 잡지 기자와 자유기고가, 르포라이터라는 직함을 갖고 매체에 글을 쓰면서 사람에 대해 평가하고, 사회를 비판하고, 언제나 말로만 입으로만 떠들어 대는 요즘 말로 하면 소위 '입진보'의 삶을 살았다. 나는 내가 부르짖던 아름답고 따뜻한 세상을 만들기 위해 무엇을 했나. 오직 돈을 벌기 위해 취재하고 글을 썼을 뿐, 한 번도 치열하게 삶의 현장에 밀착되어 보지 못했던 내게 저 문장은 도끼가 되어 나를 내리쳤다.

각성의 토대 위에서 내가 살던 지역에 '작은 도서관'을 시작했다. 책을 좋아하고 책이 결국 사람을, 사회를 변화시킬 거라는 믿음을 갖고 있던 내가 할 수 있는 일이었다. 아이들을 불러 모으고, 이웃 학부모들을 만나고, 경쟁과 공부만이 최상의 가치가 아니라 모두가 더불어 함께 갈 수 있는 세상의 토대를 지역

작은 책방에도 장르가 있다

독서 공동체를 통해 만들어 보고자 했다. '숲속작은도서관'의 시작이었다. 그것이 지금 '숲속작은책방'의 출발점이기도 했다.

〈그리스인 조르바〉를 어떤 시각에서 읽든, 어떤 시각으로 평하든, 그것은 중요하지 않다. 그 책에서 만난 두 남자의 삶, 그리고 책 속의 한 줄. 그게 나를 행동하게 했다. 오늘의 나를 있게 했다. 때로 한 권의 책은 사람의 삶을 바꾼다. 그 한 권을 만나고 싶어 오늘도 우리는 목마른 사슴이 물을 찾듯 서가 앞을 서성이고 또 서성인다.

디아스포라
경계인의 삶

2004년 일산에서 작은 도서관을 운영하던 때, '어린이와 작은 도서관협회'라는 단체를 만들고 함께 활동하던 도서관 관장의 전화를 받았다.

"일본에 우리 재일동포 아이들이 다니는 조선학교라는 게 있어요. 우연히 그 학교를 알게 됐는데 우리말 공부를 할 수 있는 책이 필요하다고 하네요. 이왕이면 직접 가서 현장을 보고 만나면 어떤 책이 필요한지, 우리가 어떤 도움을 줄 수 있는지 알 거 같아서 이번 여름에 도서관 선생님들 몇 분이 함께 방문을 해 보면 어떨까 해요. 같이 가실래요?"

지금까지 스무 해 가까이 교류와 인연을 이어오고 있는 조선학교와의 첫 만남, 그 시작이었다. 그들이 다니는 학교는 일본 내 친북단체인 '총련(재일조선인총연합회)' 소속이고, 따라서 '조선학

작은 책방에도 장르가 있다

교'는 일본 내 북한으로 취급되고 있으며 대한민국 국민은 정부 허가 없이 북한을 드나들거나 북한사람과 만나서는 안 되기에 조선학교와도 교류를 할 수 없었다는 설명은 나중에 들었다. 지난 시절, 우리는 일본을 자유롭게 왕래했지만 조선학교는 철저히 금단의 땅이었던 것도 바로 이런 이유에서였다.

그런데 2000년 김대중 대통령과 김정일 국방위원장이 만나 '6·15남북공동선언'에 합의하면서 남북교류에 물꼬가 텄다. 통일부에 미리 신고만 하면 조선학교를 방문하는 것도 가능해졌다. 이런 분위기를 타고 조금씩 교류가 시작되었다.

일제 강점기 강제 징용 등의 이유로 자의반 타의반 일본에 왔다가 광복은 되었으나 조국이 전쟁과 분단을 겪는 바람에 오도가도 못 하고 일본에 머물게 된 동포들. 남도 북도 선택할 수 없어서 통일이 되기만을 기다리며 그곳에 터를 잡은 그들이 가장 먼저 한 일은 학교를 짓는 것이었다. 곧 돌아갈 조국 땅, 뿌리 없는 백성이 되지 않으려면 우리말과 우리글을 잊지 않아야 한다며, 우리 아이들을 가르쳐야 한다며 동포들은 돈을 모으고 힘을 모아 학교를 지었다. 그러는 사이 분단은 고착되었고 남북한 정부는 이들을 서로 자기편으로 끌어당기기 위해 동포들의 편을 갈랐다. 그렇게 재일동포 사회는 친북단체인 총련과 친한단체인 '민단(재일한국인거류민단)'으로 나뉘었고 일본 땅에서도 분

단은 차가운 현실이 되었다.

우리에겐 그저 영화나 드라마의 소재로 더 친숙해져 버린 비현실적인 분단과 통일을 조선학교 아이들은 온몸으로 껴안고 문신처럼 새기며 살아가고 있었다. 전철 안에선 손가락질과 욕설을 당하고 방송에 북한 뉴스가 나온 다음 날이면 학교에 돌이 날아와 유리창이 깨지고 죽이겠다는 붉은 글씨 협박장을 받는 이 엄청난 일상 앞에서 내 이성은 극도로 흔들렸다. 닷새 동안 눈물 콧물로 밤을 지새우며 보낸 마지막 밤, 다 함께 모여 소감을 나누었던 자리에서 나는 김구 선생님의 세 가지 소원을 떠올렸다. 첫째도 통일, 둘째도 통일, 마지막 소원도 통일이었던 그 통렬한 외침. 나는 그 마음을 아주 조금이라도 이해할 수 있을 것 같은 기분이 되어 그 자리에서 통일을 위해 작디작은 무언가라도 실천하는 사람이 되겠다고 다짐했다.

한국에 돌아와 재일동포들의 삶과 역사에 대해 많이 공부했고 책들을 찾아 읽었다. 그때 만난 한 권의 책이 바로 〈디아스포라 기행〉이다.

'디아스포라'는 원래 이산을 의미하는 그리스어로 팔레스타인 땅을 떠나 세계 각지에 거주하는 이산 유대인과 그 공동체를 가리켰다고 한다. 그러나 오늘날에는 본래 살던 땅을 떠나 거주하는 이들을 지칭하는 용어로 좀 더 폭넓게 사용한다.

'코리언 디아스포라'도 결코 적은 수는 아니다. 재일조선인, 중국의 조선족, 스탈린 시대에 중앙아시아로 보내진 구소련의 '고려인-카레이스키'. 오늘날 200만 명 이상에 달하는 코리언 아메리칸, 1960년대 당시 서독 정부가 정책적으로 받아들인 이주노동자의 자손으로 현재 독일에 살고 있는 수만 명의 코리언. 그리고 한국이 국가적으로 추진해온 국제 입양의 결과 현재 20만 명이 넘는 코리언 입양자들. 이 전부를 합한 코리언 디아스포라의 총수는 대략 600만 명으로 추정된다.

-서경식 지음, 김혜신 옮김, 〈디아스포라 기행〉, 돌베개

재일동포 2세로서, 디아스포라의 삶을 살고 있는 저자 서경식은 디아스포라의 눈으로 세계를 바라보고 그들의 삶과 생각을 전하고 있다. 이 책을 읽으면서 경계인의 삶에 대해 깊이 생각하게 되었다. 일본에 가서 실재하는 존재로서 그들을 마주 대하며 역사와 운명의 수레바퀴에 치인 개인의 삶, 그 처연함에 대하여 마음으로 느꼈다.

일본 땅에서 태어나 그 땅에서 난 것을 먹고 일본어로 말하고 웃고 울었던 유년의 시간을 지나 어느 순간, 옆집 살던 소꿉친구와 헤어져 버스를 타고 한 시간씩 걸리는 학교에 가야 했을 아이들. 교문을 들어선 순간 내게 익숙한 언어를 버리고 '가갸 거겨 아야어여' 낯선 언어로 인사하고 책을 읽고 노래를 불러야

했을 그 이질적인 시간들을 우리 아이들은 어떻게 자기 것으로 만들어 갈 수 있었을까.

그렇게 자라 청소년이 된 아이들은 '내가 누구'인지 묻지 않을 수 없다. 그 과정에서 자기 정체성에 혼란을 겪고 방황하는 친구들도 많다고 들었다. 내가 태어난 이 땅은 나에게 무엇이며, 바다 건너 따로 존재하는 '조국'이라는 것은 내게 어떤 의미인가 묻고 또 물었을 것이다. 지금껏 그 물음에 일본 사회도, 남쪽의 조국도 호의적인 답을 해주지 않았다.

일본에 살면서 남과 북을 다 경험하는 이 아이들이 어쩌면 다가올 통일 시대에 분단의 이질감을 극복하고 화합의 다리를 놓아 줄 수 있는 통일세대 아이들이 될 것이라는 희망을 갖고 있다.

코리언 디아스포라들이, 지구상의 수많은 유민들이 '진정한 조국'을 찾을 수 있는 날, 그날이 역시 나의 진정한 조국을 찾는 날이 될 것이다. 그날을 위해서 바로 지금 여기서 내가 할 수 있는 일들을 해야겠다.

전원주택으로 이사 와 가장 먼저 한 일이 천장 끝까지 닿는 책장을 만드는 일이었다. 주택 특성상 높은 천장, 게다가 윗부분이 세모꼴로 뾰족하게 솟아 있어서 그에 맞춰 책장을 만드는 건 초보 목수에겐 상당히 고난도 작업이었다. 남편은 땀을 뻘뻘 흘리며 여름 내내 그 일을 해냈고 이 책장은 지금껏 우리 책방을 상징하는 대표 서가가 되었다.

천장 끝까지 다다른 책꽂이는 보기엔 좋지만 손이 잘 닿지 않아 실용적일 수 없다. 그래서 거기엔 헌책방에서 건너온 벽돌 책을 꽂아서 단장했다. 팔리지 않을 책, 팔 생각도 없는 책이 그곳에 놓였다. 주로 유명 인물의 생애를 다룬 전기와 자서전이다.

그 다음 단계, 아래서 손을 뻗으면 잘 닿지 않는 높이, 사다리를 올라가야 꺼낼 수 있는 위치에는 나의 숙제를 꽂았다. 읽다가 포기한 책, 언젠가는 읽고 말테야 결심하고 또 결심했던 책, 비록 나는 읽지 못했어도 책방을 찾는 독자들은 꼭 읽어 주었으면 하는 책, 바로 인문 고전의 걸작들이다. 이 서가에 꽂혀 있는 책 중에 우리 책방의 스테디셀러가 하나 있으니 그게 바로 〈코스모스〉다. 꽤나 두꺼운 벽돌책임에도 이 책은 권하지 않아도 팔리는 특징이 있다. 학생 때부터 수학과 과학을 포기한 전형적인 문과생답게 과학 책을 잘 읽지 못한다. 그런 과학 문맹인 내가 아끼는 유일한 책이기도 하다.

이 책은 오래전 다큐멘터리를 보고 난 이후 읽게 됐다. 저자인 칼 세이건이 직접 나와 저 먼 우주에 대해 이야기해 주는 영상, 그 시리즈를 보고선 우리가 살고 있는 우주의 무한함에 대한 경이로움을 느꼈다. 이어서 책을 토대로 만든 조디 포스터 주연 영화 〈콘택트〉를 보았다. 이 영화는 숲속작은도서관에서 여러 번 비디오 상영회를 가졌고 영화를 보고 토론하는 모임도 가졌을 만큼 아끼고 사랑하는 작품이다. 그러고 나서야 비로소 책을 펼 엄두가 났다.

옆쪽에는 책방지기가 좋아하는 중국 고전이 놓였다. 그 앞자리에 〈무위당 장일순의 노자이야기〉가 있다. 한살림운동을 주창한 장일순 선생님과 이현주 목사님이 대담 형식으로 푼 이 책은 노자 도덕경을 한 줄 한 줄 읽어 나가며 해설한다. 특히 불교와 기독교를 인용한 풍부한 사상의 바탕, 내가 답답하게 여기던 기존 기독교의 독선을 비판하는 시각이 섞여 있어 좋았다. 반문명주의, 반권위주의, 반제도, 반남성 중심이라는 노자의 사상을 조금이나마 이해할 수 있게 해 준 책이다.

장자는 20세기 영적 스승이라 불리는 오쇼가 장자를 해석하고 류시화 시인이 번역한 책 〈삶의 길 흰구름의 길〉로 읽었다. 장자 특유의 뜬구름 잡는 듯한 사상이 명상가 오쇼의 가르침과 뒤섞여 신비로움을 자극하는 데다 류시화 시인의 손을 거친 매혹적인 문장이 마음에 와 닿았다.

> 한 사람이 배를 타고 강을 건너다가 빈 배가 그의 작은 배와 부딪치면 그가 비록 나쁜 기질의 사람일지라도 그는 화내지 않을 것이다. 그러나 배 안에 사람이 있으면 그는 그에게 피하라고 소리칠 것이다. 그래도 듣지 못하면 다시 소리칠 것이고 마침내는 욕설을 퍼붓기 시작할 것이다. 이 모든 일은 그 배 안에 누군가 있기 때문에 일어난다. 그러나 그 배가 비어 있다면 그는 소리치지 않을 것이고 화내지 않을 것이다. 세상의 강을 건너는 그대 자신의 배를 그대가 빈 배로 만들 수 있다면 아무도 그대와 맞서지 않을 것이다. 아무도 그대를 상처 입히려 하지 않을 것이다.
>
> -오쇼 지음, 류시화 옮김, 〈삶의 길 흰구름의 길〉, 청아출판사

작은 책방에도 장르가 있다

'지혜로운 자는 빈 배와 같다'는 장자의 비유로 첫머리를 시작하는 이 책은 장자의 사상을 오쇼의 강론과 류시화의 언어로 뒤섞어 우리에게 사색과 몰입의 즐거움을 준다.

〈사기열전〉은 중국 고전 가운데 비교적 재미나게 읽을 수 있었던 책이다. 제왕과 제후들을 위해 일했던 사람들의 이야기가 펼쳐져 있고 백이, 숙제 이야기처럼 우리가 흔히 들어왔던 인물도 포함하고 있어서 상하 두 권을 합하면 1700쪽이 넘는 방대한 벽돌책이지만 시간을 두고 한 편씩 읽어 가는 재미가 있다. 권력을 앞에 두고 복잡한 세상에서 어떻게 처세를 해야 하는지에 대한 교과서처럼 읽는 이들도 많다.

수천 년의 시간이 흘렀어도 인간의 본능과 욕구는 크게 변하지 않은 듯하고 음모와 모략이 판치는 이전투구의 삶 속에서 살아남은 자가 이기는 것이라는 승자독식의 결과론 역시 마찬가지인 것 같다. 역사 속에서 교훈을 얻는다고 하지만 그렇게 얻어 낸 교훈 역시 지금의 불공정하고 정의롭지 못한 사회를 더욱 견고히 하는 데 쓰일 뿐이니 지식인의 독서가 과연 세상을 바꿀 수 있는 것인가 하는 질문 앞에서 나는 회의할 뿐이다.

인문 고전 서가 한편에는 언젠가 읽기만 하면 꼭 내 인생 책이 될 것만 같아서 숙제처럼 전시해 두고 있는 책들이 있다. 그 첫 줄에 자크 라캉의 〈에크리〉가 있다. 이 책은 아마도 우리 책방에서 판매용으로 갖고 있는 책 가운데 가장 비싼 책일 것이다. 1000쪽이 넘는 이 벽돌책의 정가는 무려 13만 원. 프로이트 〈꿈의 해석〉 이후 가장 위대한 정신분석 저서라는 출판사의 띠지 광고가 붙어 있는 이 책은 읽는 이들에게 최고의 '지적 오르가 즘'을 선사하겠다는 야심찬 목표를 걸고 한정판으로 출간되었다. 그럴 법도 한 것이 라캉의 이론은 그 자체만으로도 이해하기가 어려운데 생애 중 직접 쓴 유일한 저서인 이 책을 라캉은 일부러 어렵게 썼다고 한다. 그러니 읽기 어렵지만 만일 완독하고 내용의 극히 일부라도 이해할 수 있다면 얼마나 만족감이 크겠는가. '인간의 언어는 무의식의 정신세계를 반영'하며 '인간의 욕망은 타자의 욕망에서 의미를 발견한다'는 라캉의 이 아름다운 말을 완벽히 이해하는 날이 올까.

그리고 또 하나, 한 줄 한 줄 밑줄 치며 미치도록 읽고 싶은 책이 있으니 바로 단테의 〈신곡〉이다. 어느 날, 내가 숙제용으로 꽂아 놓고 있는 인문 고전 벽돌책들을 주로 펴내는 출판사 대표님이 책방에 오셨다. 그분께 물었다.

"평생 학자처럼 공부하며 그토록 많은 인문 고전을 읽고 연구하며 번역 출간작업을 하셨는데 그 가운데 본인이 꼽는 최고의 책은 대체 뭔가요?"

망설임 없이 이런 답이 나왔다.

"단테의 〈신곡〉에 필적할 만한 책은 없는 것 같아요."

오오, 이 책이야말로 '고전이란 읽어야 한다는 소문은 무성하지만 정작 끝까지 읽은 사람은 별로 없는 책'이라는 정의에 딱 부합하는 그런 책이 아니던가. 학교 다닐 때부터 이 책에 대한 해설은 얼마나 많이 들었으며 인용된 구절만도 얼마인가. 그러나 내겐 아무리 애를 써도 읽을 수 없던 책, 한 줄, 한 장도 주해가 없이는 넘어갈 수 없는 난공불락의 책, 문자를 보고 있어도 내용이 전혀 그려지지 않는 책. 대체 어떻게 읽어야 하느냐고 하소연을 늘어놓았더니 〈단테 신곡 강의〉라는 책을 권한다.

도쿄대 교수를 지낸 이마미치 도모노부가 15회에 걸쳐 신곡 해설을 대중 강연했던 걸 책으로 펴낸 것이다. 천국을 향해 가는 단테에게 안내자 베르길리우스가 있었다면 '신곡'을 향해 가는 독자들에게 안내자로 〈단테 신곡 강의〉가 있다. 이 책을 읽고 나서 신곡을 읽으면 접근이 가능할 것이라는 말에 용기백배해 당장 책을 구매했다. 그리고 이 책은 책방지기가 권하는 인생 책의 하나로 자리 잡았다. 단점이라면 이 책의 해설만으로도 너무 충분해 정작 〈신곡〉은 읽지도 않고 아는 체를 하게 된다는 점이랄까. 어쨌든 이 책을 읽고 나서 책방 고전 서가에는 단테의 〈신곡〉 세 권이 나란히 한 자리를 차지하게 되었다. 그러고도 또 수년이 흘렀지만 나는 여전히 지옥 편에서 헤매며 좀처럼 연옥을 향해 나아가질 못하고 있다. 〈신곡〉이 인류 최고의 고전으로 남은 이유도 역시 천국 편 때문이라는데 나는 오늘도 그 정수를 맛보지 못한 채 지옥 같은 독서의 늪에서 허우적대고만 있다.

책방 서가를 차지하고 있지만 책방지기가 좀처럼 읽지 못했던 책 중에는 〈총, 균, 쇠〉도 있었다. 이 책이 어떤 책인가. 서울대 학생들이 가장 많이 읽는다는 책, 특히 한국인이 너무나 좋아한다는 책, 책장 서가에 꽂아 놓기만 하면 팔려 나가는 책. 아아! 그런데 너무나 읽고 싶지 않았다. 무엇보다 책 표지가 절대 마음에 들지 않았다. 책을 만든 모양새도 그 두꺼운 분량도. 그러다 코로나19라는 유례없는 전염병의 시대를 만났다. 사회는

작은 책방에도 장르가 있다

멈춰 섰고 비로소 잉카제국을 멸망시키고 중세시대 유럽 인구의 절반을 사망케 했다는 역병의 무서움을 알게 됐다.

마침 텔레비전에서는 일타 강사가 이 책을 읽어 주고 있었다. 그래서 책방 북클럽에서 이 책을 읽어 보기로 했다. 혼자 읽기 어려운 책, 도전하기 힘든 책은 독서 모임에서 함께 읽으면 좋다. 소화능력에 따라 분량을 조절하면서 오랜 기간에 걸쳐 조금씩 읽으면 되기 때문이다. 간혹 중간을 놓치더라도 대신 읽어 온 이들의 발제와 토론을 들으면 모임 뒤라도 책을 쉽게 읽을 수 있다. 한 달에 100여 쪽씩, 우리는 네 달에 걸쳐 기어코 이 책을 읽어 냈다. 하도 기뻐 완독을 마친 뒤엔 회식까지 했다. 가끔은 이렇게 어려운 책 읽기에 도전하고 그것을 완수함으로써 미친 성취감을 맛보는 일, 이런 독서의 경험이 필요할 때가 있다. 그걸 가능하게 하는 것이 독서 모임이다. 이 책을 다 읽고 나면 "〈신곡〉 어때?" 하고 한번 던져 볼까 하였으나 그랬다간 북클럽 전원 탈퇴라는 미증유의 사태가 올 수도 있어 이 지옥불 같은 독서 숙제는 책방지기 혼자만의 것으로 남겨 두었다.

예술 없는 세상에서 살아남기

"뭉치면 죽고 흩어지면 산다."

　이것은 전염병 시대를 대표하는 슬로건이었다. 타인과 접촉을 최소화하고 집에 머물라는 비접촉 비대면 명령이다. 동네책방에게 이 메시지는 거의 폐업을 종용하는 말과도 같았다. 대형, 온라인 서점 틈바구니에서 작은 동네책방들이 가장 강점으로 내세웠던 건 바로 이 익명과 고립의 시대에 가까이에서 서로 눈을 바라보고 손을 맞잡아 주는 '밀착 접촉'이 아니었던가. 그것이, 코로나 사회에서는 절대 해서는 안 될 금기가 되어 버렸다.

　'코로나 블루'라는 말이 생겨날 정도로 집단적 스트레스와 우울증이 커져 갔다. 힘들고 어두웠던 시기에 나를 가장 위로해 주었던 것은 바로 음악이다. 마침 방송에서는 남성 성악가들의 서바이벌 오디션이 한창이었고 책방이 엄청 한가하던 봄부터 여름까지 나는 그들의 목소리에 빠져 살았다. 열기는 콘서트로 이어졌다. 여름에서 가을 사이는 코로나가 잠시 주춤해서 다행히도 공연이 열렸다. 그러나 '퐁당퐁당'이라고 해서 한 자리씩 띄워서 예매를 받았다. 5000석 규모 공연장에 2500명만 받는 식이다. 공연 티켓을 구하는 건 하늘의 별 따기였고 예매일이면 밤을 꼬박 새며 피켓팅(피 말리는 티켓팅 전쟁)과 취켓팅(취소된 자리 예매하는 티켓팅)에 몰두했다. 작년 한 해 동안 나는 10여 번의 공연 예매를 했고, 대부분이 코로나로 취소되어 입금과 환불을 거듭했으며, 또 몇 번은 다행히도 공연장에 갈 수가 있었다.

공연장에 갈 때면 긴장에 긴장을 더했다. 마스크는 반드시 KF94를 썼고, 입장 전후에 새 걸로 바꿔 끼웠으며, 공연장 입구에서 온몸에 소독약을 뒤집어쓰고 들어가야 했다. 공연장 안에선 손에 비닐장갑을 끼고 콘서트의 즐거움인 떼창은커녕, 함성도 지르지 못하고 소리도 제대로 나지 않는 장갑 박수를 쳤다. 아침 일찍 괴산에서 집을 나서 밤 12시, 서울 숙소에 들어설 때까지 마스크를 잠시도 떼지 못해 귓등이 벌겋게 되고 괴로웠지만 그래도 또 공연장에 가고 싶었다.

가끔 공연장에서 코로나 확진자가 나왔다는 보도가 나왔다. 그럴 때 인터넷에는 공연장에 간 사람들을 향한 비난 댓글이 쏟아졌다. 물론 최악의 상황에선 모든 공연이 취소되었고, 내가 갔던 공연은 그나마 코로나가 잠시 주춤할 동안 철저하게

방역지침을 지키며 열렸던 공연들이다. 정원의 절반밖에 받지 못하는 공연은 이미 수익을 포기하면서 여는 것이다. 그럼에도 공연자들은, 관객들은 왜 이런 공연을 계속했던 것일까?

나는 생각한다. 전쟁 중에도 사랑을 하고, 폐허가 된 땅에서도 예술은 고통 속에 꽃을 피운다. 음악이 주는 힘은 놀랍고도 놀라워서 고통을 잊게 하고 상처를 아물게 하며 우리를 위로하고 달래는 치유의 능력이 생각보다 크다. 이 비관적인 어둠의 터널을 지나면서 음악마저 없었다면 우리는 무엇으로 위로를 받았을까. 그 힘으로 또 하루를 버티고, 웃고, 힘을 내서 다시 내일을 살아간다. 예술이란 그런 것이다. 어떤 이에게, 내가 좋아하는 음악가의 연주를 들을 수 있는 그 하루는 코로나로 힘든 수개월을 살아남게 하는 힘이다.

영화 〈쇼생크 탈출〉의 명장면이 기억난다. 교도소에 갇힌 주인공이 도서 정리 일을 맡으면서 어느 오후, 교도소장 몰래 음악을 틀었다. 모차르트 '피가로의 결혼'에 나오는 아리아 한 대목이 교도소 전체에 울려 퍼진다. 그 순간 멈춰 서 자기 자리에서 홀린 듯이 음악을 듣던 죄수들, 그게 모차르트인지 피가로인지 알지 못하는 이들이 대부분이겠으나 음악은 한순간 이들 얼굴에 빛으로 머물렀다.

공연이 취소된 대신, 음악을 책으로 읽었다. 〈시대의 소음〉

은 소비에트 시대를 살았던 드미트리 쇼스타코비치의 이야기를 그린 소설이다. 한때 천재 작곡가로 이름을 날리다 스탈린 정권의 눈 밖에 나 하루아침에 모든 것을 잃은 불운한 예술가. 매일매일 동료들이 사라져 가는 암흑의 시간을 살면서 내일이 없는 죽음과도 같은 하루하루를 보낸다. 쇼스타코비치는 음악성에 비해 이데올로기에 복무했다는 이유로 서방 세계에서 박한 평가를 받는 음악가 중 하나다. 천재성을, 국가가 요구하는 데다 바쳤기 때문이다.

그러나 그렇지 않고서는 어떻게 살아남을 수 있었을까. 그럼에도 불구하고 그 음악의 완전함과 아름다움이 우리에게 주는 감동은 또 무엇인가. 영화 〈안나 카레니나〉, 그리고 〈번지점프를 하다〉에 울려 퍼지던 쇼스타코비치 왈츠 2번에서 우리는 소비에트에 혼을 팔았던 음악가가 아니라 자유를 향한 그리움만을 느낄 뿐이다. 줄리언 반스는 삶과 예술, 자유와 억압 사이에 불완전하게 끼어 있었던 한 예술가의 삶을 아프게 그려 냈다.

〈슈베르트의 겨울 나그네〉는 음악가 이언 보스트리지의 노래를 좋아해서 찾아 듣다가 알게 된 책이다. '성문 앞 우물 곁에'로 시작하는 가곡 '겨울 나그네'는 우리에겐 너무 익숙한 곡이다. 학창시절 교과서에서 처음 만난 이후로 이 노래는 우리 세대에게 첫사랑의 연가와도 같은 그런 곡이 아닐까. 높아만 보이던 클래식의 문턱을 확 낮춰 주었던 그런 음악. 알고 보면 이 연

가곡집엔 독일 가곡 24곡이 수록되어 있고 내가 이 음악을 좋아하는 이유는 아름다운 시 때문이기도 하다.

> 길가에 보리수가 한 그루 서 있어.
>
> 처음으로 그곳에서
>
> 잠들어 안식을 찾았네!
>
> 보리수 아래로
>
> 꽃들이 눈송이처럼
>
> 내 위에 내려앉았지.
>
> 나는 거기서 세상 모든 것을 잊었고,
>
> 모든 것이 다시 좋아졌지.
>
> 모든 것이, 사랑도 고통도
>
> 그리고 세상도 꿈도!
>
> -이언 보스트리지 지음, 장호연 옮김, 〈슈베르트의 겨울 나그네〉, 바다출판사

옥스퍼드와 케임브리지대학에서 공부한 박사로, 뒤늦게 성악을 시작한 이언 보스트리지는 책에서 해박한 지식으로 슈베르트와 독일 낭만시에 대해 깊이 있는 설명을 들려주고 있다. 지적인 엘리트라는 고정관념이 있어서인지 그의 맑은 미성에서 단지 순수함 외에도 서정적이면서도 철학적인 깊이를 느낀다. 한국과 인연이 많았던 그는 지난 11월에도 예술의전당에서

공연을 할 예정이었으나 역시 내 통장에 출금과 환불 기록만을 남긴 채 코로나로 취소되어 버렸다. 언젠가 그의 공연을 보고 이 책에 사인을 받을 수 있으면 좋겠다.

음악 관련 책 중에 내가 가장 많이 권하는 책 두 권이 〈유럽 음악축제 순례기〉와 〈나의 서양음악 순례〉다. 서울에서 음악 전문 서점 '풍월당'을 운영하고 있는 박종호 작가가 쓴 〈유럽 음악축제 순례기〉를 읽으면 그가 세상에서 가장 부러운 사람처럼 여겨진다. 전 세계에서 해마다 여름이면 유수한 음악 축제가 열리는데 주요한 축제를 모두 다녀온 그가 약 27곳에서 열렸던 음악축제를 소개하고 있는 책이다. 나는 유럽 여행을 서점과 도서관 순례로 돌고 있다면, 이분은 음악축제와 음악가의 생가, 기념관, 박물관 위주로 돌고 있다. 같은 지역, 같은 공간을 지나쳤지만 우리가 보고 듣고 느꼈던 예술의 세상이 이토록 다르다는 점이 재미있다.

〈나의 서양음악 순례〉는 디아스포라 서경식이라는 사람을 섬세하게 느껴볼 수 있었던 책이다. 재일 조선인이라는 신분, 무엇보다 두 형이 모두 한국에서 간첩죄로 실형을 받고 감옥살이를 하고 있는 형편에서 외국 여행이 자유롭지 못했던 저자. 그러나 음악을 사랑하는 애호가로서의 욕구를 어쩌지 못해 유럽으로 음악 여행을 갔고 유럽에서 공연을 보며 그가 느끼는 고뇌와 갈등이 절절하게 다가왔다. 같은 음악을 듣고 있어도 디아스포라라는 자신의 정체성과 독특한 시선으로 바라보는 음악에 대한 해석과 사유가 좋았다.

어떤 책을 읽다 이런 질문을 보았다.

"남은 인생 동안 만일 책을 읽는 것과 음악을 듣는 것 중 하나만 선택할 수 있다면 무엇을 선택할 거예요?"

질문 앞에서 멈칫했다. 예전의 나였다면, 당연히, 일초도 고민하지 않고, 책을 읽겠다고 답했을 것이다. 그런데 나는 머뭇거렸다. 이젠 눈이 나빠져서 책이 잘 보이지도 않고, 정신이 흐려져서 그런지 책을 보면 자꾸 졸리고, 예전처럼 책을 읽고 깊은 감동에 빠지는 일도 점점 적어지고 있는데 앞으로도 계속 책을 보며 살아야 할까?

음악은 어떨까? 아직 세상엔 내가 듣지 못한 음악이 너무나 많고, 알지 못한 세상이 너무 많다. 어려울 때 나를 울게 하고 웃게 했던 그 음악들이 떠올랐다. 라흐마니노프 2번을 듣지 못한다면, 매일 밤 연주자를 바꿔가며 쇼팽의 녹턴을 듣지 못한다면, 들국화와 김현식, 임재범과 박정현을 듣지 못한다면, 그리고 지금 내 컴퓨터와 폰에서 소리를 죽인 채 24시간 '열스밍' 하고 있는(음원 사이트에서 응원하는 가수의 곡을 차트 상위에 올려놓기 위해 팬들이 하루 종일 스트리밍하는 걸 '스밍'이라고 한다. 나는 오늘도 열심히 스밍 중이다) 이 음악, 아름다운 목소리를 듣지 못한다면 과연 어떤 기분일까? 나는 잠시 흔들린다.

저녁 8시 정각. 인터넷 사이트에 공연 예매가 개시되는 시간이다. 일찌감치 하루의 할 일을 모두 마치고 경건한 맘으로 컴퓨터 앞에 앉는다. 3분 전, 로그인을 하고 예매의 바로 직전 단계까지 창을 열어 놓는다. 30초 전부터 계속 '새로고침'을 누르며 내 창에 이상이 없음을 확인한다. 58, 59, 60초 땡! 디지털시계가 '8:00'로 바뀌는 동시에 번개 같은 속도로 좌석을 선택하고 '확인'을 클릭하지만 내가 찍은 좌석은 '이선좌'. '이미 선택된 좌석입니다'라는 좌절의 자리다. 눈앞에는 엄청난 포도알(예매창에 선택 가능한 좌석은 보라색으로 표시되므로 보통 이렇게 부른다)이 왔다 갔다 하는데 아무리 선택해도 '이선좌'뿐. 눈앞에 보랏빛 포도알은 순식간에 사라져 예매는 3초 매진으로 끝나고 그 허탈한 '광클릭'의 자리에 남은 건 한숨뿐이다.

그러나 끝날 때까진 끝이 아니라는 진리는 여기서도 적용되고 나는 다시 한 번 48시간 뒤를 노린다. 경쟁이 치열한 예매 사이트에는 어김없이 봇을 돌려 좌석을 확보하는 업자들이 있고 이렇게 확보한 표를 암표로 내놓았다 다 팔지 못하면 예매를 취소하기 때문이다(디지털 강국에서 왜 이런 현상을 막지 못하는지 이해할 수가 없다). 해외 유명 뮤지션이 내한할 때, 인기 절정의 아이돌 그룹 공연이 있을 때면 이런 암표상이 극성을 부린다. 티켓이 오픈한 지 1분 만에 매진되고 나면 중고나라를 비롯한 인터넷 사이트에는 당장 표가 돌기 시작하고, '피켓팅'에 실패한 팬들과 거래가 이어진다(이런 불법 티켓은 팔아서도 안 되고 사지도 말아야 해요).

공연은 너무나 가고 싶고, 티켓은 매진으로 없을 때면 '공원 산책'을 나가곤 한다. 공연 티켓 대부분을 '○○파크'에서 판매하기 때문에 혹시나 취소표가 나올까 싶어 수시로 해당 사이트에 들락거리는 걸 우리는 공원 산책이라고 부른다. 취소표가 대거 풀리는 새벽 두 시, 쏟아져 내리는 포도알을 잡아보려고 벌게진 눈으로 밤샘을 하다 내 자리 하나 잡았을 때의 기쁨이란!

덕질. 인터넷 어학사전을 찾아보면 '어떤 분야를 열성적으로 좋아하여 그와 관련된 것들을 모으거나 파고드는 일'이라고 되어 있다. 덕질하는 사람을 '덕후'라고 하며 덕질이 나아가 직업으로까지 연결되면 '덕업일치'라고 한다. 나는 책에 탐닉하고,

책이 있는 공간을 찾아 여행하며 책과 관련된 것들을 수집하고 있으니 일찍이 덕후의 세계에 들어섰다고 할 수 있다.

호기심이 많은 나는 뭔가에 잘 홀리는 편이라 어려서부터 이런저런 덕질을 여럿 해 왔다. 무수한 작가와 음악인과 배우에게 애정을 바쳤고 여성잡지 기자가 된 이후론 어떻게든 핑계를 만들어 내가 좋아하는 이들을 인터뷰도 하고 만나 보면서 내 안의 호기심과 열정을 다독였다. 대부분의 사랑은 만나고 나면 빛이 바랬다. 불꽃은 사그라들었다. 현실 속의 그는 환상 속의 그대와 같지 않았다. 특정 장르를 향한 덕질은 살아남았지만, 특정 사람을 향한 덕질의 불꽃은 더 이상 타오르지 않았다.

그런데 지난여름, 그 불꽃이 살아 올랐다. 내 안에서 다 죽어 버렸다고 생각했던 뜨거운 무엇이, 타고 남은 재가 다시 기름이 되듯 여름내 불타올랐다. 하루 종일 그의 음악만을 듣고, 그의 영상만을 보고, 보고 또 보고 급기야는 콘서트에 뛰어드는 걸로도 부족해 팬카페까지 가입했다. 내가 일하는 방 책꽂이에 매일매일 사들인 그의 굿즈를 전시해 놓고 여름을 보냈다.

콘서트에 가면 대부분 20-30대인 젊음들 앞에 한없이 작아져 흰머리를 가리고 꽃핀을 꽂고 청바지를 입었다. 그래도 부끄러워 2층 끝, 맨 뒷자리에 숨죽이고 앉아 있다 나오곤 했다. 요즘 덕질의 신세대로 떠오르고 있는 40대를 질투하며 보낸 시간이었다. 기쁨의 시간이었으나 또한 내 늙음을 서글퍼하며 스스로 상처받았던 시간이다.

나는 덕후들을 사랑한다. 무언가에 홀려 있는 이들을 사랑한다. 어떤 누구를, 무엇을 덕질하든 나는 비웃지 않는다. 사랑에 이유가 없듯 덕질에는 논리가 없으니까. 지난 해, 책방에 프랑스 한글학교에서 한글과 한국문화를 배우는 프랑스 청소년들이 방문했었다. 한마디도 말이 통하지 않았지만 그들과 즐겁게 웃고 떠들었다. BTS, 방탄소년단이 있었기 때문이다. 책방에 놓인 한 권의 책, 사진도 없이 어려운 한국어로만 가득했던 철학책이 단지 제목에 BTS를 달고 있다는 이유만으로 구매 경쟁을 불렀다. 볕이 좋은 오후, 책방 정원에서 유튜브로 '봄날'을 틀고 우리말로 따라 부르면서 그 아이들은 세월호를 이야기했다. 가슴이 서늘해지며 울컥했던 시간이다.

한류가 꽃피고 연예인과 운동선수가 선망의 직업이 되면서 출판계에도 관련 책들이 쏟아진다. 누구나 책을 낼 수 있는 시대에, 자기만의 이야기가 있고 팬덤이 있는 그들이 책을 내지 못할 이유가 없다. 아쉬운 건 그 가운데 좋아할 만한 책이 드물다는 것이다. 독자들에게 생각을 유도할 내용이 없는 책, 자기 생각이 들어 있지 않은 책, 그저 유명세에 영합해 가짜의 삶을 보란 듯이 전시해 놓은 책, 진실하지 않은 책, 그런 책을 내 서가에 꽂아 놓고 싶지 않다.

그런 가운데 주목했던 몇 권의 책이 있었다. 〈걷는 사람, 하정우〉는 배우 하정우의 이야기를 담은 책이다. 원래도 영화에서 만나는 하정우라는 배우를 좋아했지만 그가 이런 삶의 내용을 갖고 있는 줄은 몰랐다.

　매일매일 걷고 있는 사람, 집에서 회사까지 걸어가는 걸 즐기는 사람, 하와이를 너무 사랑해서 매번 하와이에 가서 걷는 사람. 자기가 왜 이렇게 걷고 있는지를 말하는 그의 삶이 참 좋다. 책을 읽으면 그를 따라 걷고 싶어진다. 무엇보다 그가 말하는 '루틴'이라는 게 나는 좋다.

> 나에겐 일상의 루틴이 닻의 기능을 한다. 위기상황에서도 매일 꾸준히 지켜온 루틴을 반복하면 일상으로 돌아갈 수 있다는 희망이 희미하게나마 보인다. (…) 내가 지키는 루틴은 다음과 같다.
> −아침에 일어나자마자 일단 러닝머신 위에 올라가 걸으며 몸을 푼다.
> −아침식사는 반드시 챙겨먹는다.
> −작업실이나 영화사로 출근하는 길엔 별일이 없는 한 걷는다.
> ─하정우, 〈걷는 사람, 하정우〉, 문학동네

　이것이 바로 내가 좋아하는 일상의 힘이다. 젊을 때 내가 가장 좋아했던 책의 한 구절은 첼리스트 파블로 카잘스가 자서전에 쓴 글이다. 그는 음악을 시작한 이래 매일 아침 일어나면 가장 먼저 한 시간씩 바흐를 연주하는 걸로 하루를 시작했다고 한다. 시간은 다소 짧기도, 길기도 했지만 바흐가 없는 아침은 단 하루도 없었다고 썼다. 그렇게 그는 거장이 된 것이다.

그것이 연주든 걷는 행위든 운동이든 혹은 독서든, 매일 아침 그것이 없이는 하루를 시작할 수 없는 그 위대한 일상의 힘이 내게는 있는가. 이것은 평생을 살아오면서 나 자신에게 묻고 또 물었던 질문이다. 그리고 바로 그것이 없기 때문에 오늘 나의 삶은 이다지도 초라한 것이라 나는 생각한다. 하정우의 책은 내게 이런 질문을 다시 한 번 되새기게 했고, 나도 어느 날 문득 하와이로 가서 그가 걸었던 길을 걷고 싶었다. 그러나 역시 생각에 그칠 뿐, 제주도를 1년에 서너 번 이상씩 가면서도 올레길조차 걷지 않는다. 이번 생은 틀렸다고 생각한다.

배우 박정민의 〈쓸 만한 인간〉은 책방에 항상 갖춰 두고 추천하는 책이다. 무엇보다 이 책은 마치 라이브 공연처럼 배우의 목소리가 날 것 그대로 들린다는 점이 장점이다. 박정민의 목소리가 생생하게 살아 있다. 말하듯이, 편안하게, 재미있게, 그러나 여운이 남는 글. 내가 좋아하는 글이다. 영화를 보면 박정민이라는 배우를 알고 싶어지고 책을 보면 그가 출연한 영화를 몽땅 찾아보고 싶어진다. 아쉬운 건 책이 출간된 지 여러 해 되어서 최근 작품과 작업에 대한 이야기가 없다는 거다. 서울에서 친구와 작은 책방을 꾸리고 있는 새 이야기도 궁금하다. 그의 새 책을 기다리지만, 책보다 먼저 영화로 더 많이 말하기를 기대하고 있기도 하다. 박정민은 2020년, 작은 책방들의 연대체인 책방넷에 홍보대사로 이름을 올려 주고 동료인 책방지기들을 응원해 주어서 더 고마운 이가 되었다. 나는 꿈을 꾸고 싶은 청소년과 청년들에게 이 책을 권한다.

연예인이 쓴 책 가운데 내가 가장 아끼는 책은 음악인 정태춘 에세이 〈바다로 가는 시내버스〉이다. 이 책은 2019년 숲속작은책방이 뽑은 '올해의 책'으로 선정하기도 했다. 그해 나온 책 가운데 가장 내 마음을 울린 감동적인 책이었기 때문이다. '노래 가사를 글로만 읽는 건 좀 부자연스런 일이다'라고 서문에서 쓰고 있지만 어떤 시보다도 아름다운 글로 가득한 책이다.

음악인 정태춘, 박은옥 부부. 우리 세대에서 첫 음반이 나왔던 1978년을 기점으로 1980년대를 건너오면서 그의 음악 없이 한 시절을 보낸 사람이 얼마나 될까. 아직 손으로 연애편지를 쓰던 시절, 좋아하는 노래를 테이프에 녹음해 친구들끼리 돌려 듣던 시절, 그의 노래는 청춘의 연서였다.

소리 없이 어둠이 내리고 길손처럼 또 밤이 찾아오면
창가에 촛불 밝혀 두리라 외로움을 태우리라

작은 책방에도 장르가 있다

-정태춘, 〈바다로 가는 시내버스〉, '촛불', 천년의시작

그대 고운 목소리에 내 마음 흔들리고

나도 모르게 어느새 사랑하게 되었네

-정태춘, 〈바다로 가는 시내버스〉, '사랑하는 이에게', 천년의시작

곡도 아름다웠지만 곱고 예쁜 우리 말 가사가 시처럼 아름다웠다. 그의 노랫말은 지금껏 나온 대중가요들의 가사 중에서도 백미로 꼽을 만하다.

이렇게 아름답고 서정적인 음악을 만들던 노래하는 시인은 1988년, 노동자들의 일일찻집 공연을 계기로 사회 참여 가수로 변화했다. '개인'이 아닌 '사회'를 노래했고 예술가의 양심과 자유를 저해하는 '음반 사전 심의 제도'에 저항해 결국 위헌 결정을 이끌어내기도 했다.

1990년대와 2000년대를 이렇게 거리에서 뜨겁게 시간을 보내던 그는 사회와 매체 환경 변화로 더 이상 앨범이 팔리지 않는 시대를 맞이하면서 2012년 음악을 접었다. 대신 사진을 찍고 가죽공예를 하거나 한시 공부를 하고 붓으로 글을 썼다. 그리고 2019년, 데뷔 40주년을 맞아 기념 음반을 내고 공연장으로 돌아왔다. 파란만장한 한 시대를 회고하며 그는 팬들에게 다시 음유시를 들려주었다. 청주의 한 공연장에서 그의 음악을

듣는 내내 마음이 서러웠다. 노래하는 이도, 무대 아래 앉아 노래를 듣는 이도 모두 하얗게 센 머리와 구부정한 몸을 감출 수 없었기 때문이다. 그와 동시대를 함께 보낸 나는 더 작아진 듯한 그의 몸과 약간은 나이든 목소리에서 내 지난 삶을 함께 돌아봤다. 깊고 푸른 동해 바다를 찾아 나섰던 어린 고래, 꿈꾸던 고래는 망망대해를 지나 이제 자신만의 심해에 다다랐을까. 평생에 걸친 그의 노래를 글로 읽으며 정태춘, 박은옥 두 음악인에게 감사한다. 당신들의 노래가 있어 행복했다고, 희망이 있었다고 말해 주고 싶다. 참 고마운 책이다.

정태춘 선생님은 숲속작은책방에서 2019년 올해의책으로 선정되었다는 소식을 듣고 시상식엔 함께하지 못해 아쉽다고 하시며 다음과 같은 수상소감문을 보내 주었다.

올해가 데뷔한 지 40주년이라고 여러 일들이 펼쳐졌다.
그중의 하나가 노랫말을 책으로 묶는 일이었다.
그 책을 '숲속작은책방'에서 올해의 책으로 선정해 주셨다.
감사하게도, 참 진지하게 읽어 주시는 분들이 계시구나 싶다.
진지하게 나의 이야기를 들어주시는 분들….
사실, 모든 창작이 좋은 수용자와의 소통을 전제로 하고
이루어진다. 그 소통이 안 된다고 생각하면서 '노래' 만들기를
접은지 오래인데, 창작은 사람의 안에서 넘쳐흘러 나오기에

작은 책방에도 장르가 있다

막을 수 없는 일이라 내 안에서는 여전히 말이 나오고 나는
근래에 그걸 '붓글'로 풀어내고 있다. 붓으로 쓰는 이야기들.
결국 나는 이야기하는 사람이었고, 그건 앞으로도 쉬
멈추지 않을 것 같다. 그 이야기에 귀 기울여 주시는 분들을
생각하면서.
이 책은 내 인생의 반 이상의 시간 동안 풀어낸 나의
이야기들을 담고 있다. 그러니, 부끄러운 부분도 적지 않다.

'숲속작은책방' 운영자님께 깊이 감사드립니다.
이 책을 받으시는 모든 분들께 감사드립니다.
어떤 시대, 어떤 공동체에 이런 사람이 있었습니다.
그의 삶과 노래는 다른 이들에게 어떤 좋은 영감을
주었을까요?

2019.12. 정태춘.

한
여
자
가
한
세
상
이
다

역사 속에 비밀만을 남기고 사라져 버린 마야제국이나 칠레의 이스터 석상처럼 가끔 해독되지 않는 과거를 만날 때, 우리는 이를 교훈 삼아 미래를 계획하곤 한다. 문자로, 영상으로, 할 수 있는 모든 방법으로 열심히 현재를 저장하고 보관하면서 역사가 단절되는 일이 없기를 바란다. 그러나 미래는 과연 우리들의 이런 바람을 보장해 줄 수 있을까? 짧게는 100년, 혹은 수백 년 후의 지구를 그리는 SF소설들을 읽어 보면 인류가 맞이하게 될 미래는 어둡고 우울하고 잔혹하기 짝이 없는 세상이다.

　대개 세상은 핵전쟁, 그로 인한 기후 변화, 긴 겨울, 통제할 수 없는 바이러스의 창궐 등으로 철저히 파괴된다. 살아남은 이들에겐 오로지 생존만이 목표가 되는 지옥과도 같은 현실이 펼쳐진다. 이런 소설을 읽으며 '그저 소설일 뿐'이라 안도할 수 있

작은 책방에도 장르가 있다

었던 소녀 시절이 좋았다. 나이가 들면서 경험한 세상은 그렇게 가볍게 치부하기에 너무 망가져 가고 있고, 인간이라는 종의 야만성이 충분히 그런 지옥을 불러올 만큼 교양을 압도하는 것을 수없이 목격했기 때문이다. 특히나 이렇게 어두운 디스토피아에서 여자의 삶은 더욱 혹독하다.

〈시녀 이야기〉는 '길리어드'라는 가상 국가 이야기다. 인류에게 닥친 재앙으로 대부분 여성들이 불임이 되면서 임신 가능한 젊은 여성을 따로 분류해 관리하고 강제 임신과 출산의 도구로 사용한다. 이들은 흰 가리개로 얼굴을 가리고, 이름도 주어지지 않는다.

소설의 마지막 장을 덮을 때까지 나는 여성으로서 공포감을 느끼며 책을 읽는다. 같은 제목의 그래픽 노블도 출간되었는데 여성에게 가해지는 폭력적 현실을 적나라하게 묘사해서 나는 그만 눈을 질끈 감고 만다. 책이 이토록 공포스러운 건, 어쩌면 이 말도 안 되는 가상의 세계가 가짜로만 느껴지지 않는 생생한 현실 때문이다. 최근 몇 년 동안 사회를 뜨겁게 달군 '미투'에서 보듯이 여성을 여전히 성적 대상으로만 바라보는 남성들의 시각은 내가 어렸을 때랑 별반 달라지지 않은 것만 같아서 절망적이다. 겉으로는 세련되고 민주적인 이 세상이 여전히 여성들에겐 차별과 폭력과 학대의 지뢰밭과도 같다는 사실을 느낄 때 마음은 어둡기만 하다.

매년 노벨상 후보로 거론되는 마거릿 애트우드 작가는 이 작품을 써낸 지 34년만인 2019년, 후속작으로 〈증언들〉을 썼고 부커상을 수상했다. 이 작품에서 이런 야만의 국가가 어떻게 종말을 맞이하는지를 보여 주며 그래도 행동하는 시민들의 양심과 저항이 사회를 변화할 수 있는 힘이라는 희망의 메시지를 보고 있다.

〈여자전〉을 읽으면서 나는 이 소설을 또 떠올린다. 〈시녀 이야기〉가 소설이라면, 〈여자전〉은 실제 삶을 재구성한 논픽션 다큐멘터리다. 하나는 지나간 과거에 실제 있었던 일이고, 하나는 먼 미래에 있을 법한 일을 다룬 가상이다. 한국 여성의 삶과 외국 여성의 이야기라는 차이도 있다. 그런데도 두 작품은 나란히 우리들에게 묻는다. 여자라는 생물학적 종에 대해, 여성의 삶이란 것에 대해. 자유와 인권 대신 억압과 폭력만이 남은 세상에서 여성이라는 존재는 어떻게 각인되는지에 대해. 〈여자전〉이 들려주는 여성들의 과거가 그랬고 '미투'가 보여 주는 현재가 그러하므로 지금 바로 우리가 바꿔 놓지 않으면 미래도 그러할 것임을 〈시녀 이야기〉를 통해 경고하는 것처럼 여겨졌다.

〈여자전〉은 식민지와 전쟁, 이데올로기와 분단 같은 한국 현대사를 맨몸으로 헤쳐 온 일곱 여성들 이야기다. 남부러울 것 없는 지역 유지의 딸로 태어났지만 지리산에 들어가 동상으로 발가락이 다 빠져버린 빨치산, 중국 팔로군이 되어 마오쩌둥의

대장정에 참여했던 여군, 만주에서 일본 군인의 성노예 생활을 하느라 자궁까지 적출당한 위안부, 20대에 월북한 좌익 남편을 기다리며 평생을 수절한 안동 종갓집 종부 등 그들의 삶은 제목만 읽어도 짐작 가능한 우리 어머니, 할머니들의 한 많은 일생이다.

오랫동안 실존 인물을 취재하고 그들의 삶을 글로 써 온 김서령 작가는 이들 여성들의 목소리를 불필요하게 과장하거나, 왜곡하지 않고도 읽는 이에게 절박함과 진한 감동을 안겨 준다. 그동안 너무나 잘 알고 있다고 생각한 이야기들임에도 읽어 가며 가슴이 먹먹하고 눈물이 핑 돈 적이 여러 번이었다.

역사 속에서 철저히 배제된 세 여자의 이야기를 다룬 소설 〈세 여자〉도 울림이 컸던 책이다. 실존 인물인 주세죽, 고명자, 허정숙 세 여인의 삶을 추적한 이 작품은 일제 강점기 조국 광복과 혁명을 위해 남자들과 나란히 달렸지만 지금 우리들에게 이름조차 낯설 정도로 철저히 묻힌 그들의 이야기를 드러내고 있다. 이 책은 이데올로기를 묻지 않는다. 그저 지금 우리와 똑같이 삶을 사랑하고, 사람을 사랑하고, 시대를 아파했던 여성들의 빛나는 청춘과 사랑이 역사의 수레바퀴에 어떻게 짓밟혔는지를 보여 준다. 책방에서 참 많이 권했던 책이다.

가장 최근에 읽고 많이 권하는 책으로는 〈소녀, 여자, 다른 사람들〉이 있다. 150년에 걸친 흑인 여성 삼대의 이야기를 들려

주면서 흑인, 여성, 성소수자로 산다는 게 어떤 의미인지를 집요하게 파헤치고 있는 책이다. 레즈비언 여성들에 대한 적나라한 묘사 때문에 어떤 이들은 불편하다는 독후감을 전해 오기도 한다. 그 불편함을 참으며 끝까지 읽어 볼 것을 권한다. 불편한 것들은 내 인식의 지평을 넓힌다. 그 불편함이 바로 우리가 살고 있는 세상이기 때문이다.

〈여자전〉에 부제로 달려 있는 '한 여자가 한 세상이다'라는 카피를 생각해 본다. 역사는 대개 남성들의 목소리를 담고 정작 처절하게 역사의 길을 걸어 왔던 여성들의 목소리는 묻혀 있지만, 우리가 살고 있는 세상이 미래에 진정으로 해독되기 위해서는 여자들의 삶에 귀 기울여야 한다는 것을 이들 여성 작가들은 말하고 있다.

작은 책방에도 장르가 있다

언제 처음 그림책을 보기 시작했을까? 우리 세대는 어릴 때 그림책 없는 세상을 살았기 때문에, 불행하게도 어린 시절 내 독서 수첩 안에 그림책은 없다. 내 인생 동화책, 내 인생 만화책, 내 인생 소설책은 있는데 내 인생 그림책은 없었다. 어른이 된 다음에는 또 어른이 되었으므로 그림책과는 별 상관이 없는 삶을 살았다. 그러다 아이를 키우기 시작하면서 처음으로 그림책과 만났다.

출발은 많은 초보 엄마들과 비슷했다. 아이를 위해 어떤 책을 골라 주어야 할지 알 수가 없었다. 책에 대한 고민을 시작하자마자 맨 먼저 다가온 이들은 학습지와 전집 판매사원들이었다. 내 아이를 최고로 키우려면 100만 원짜리 전집을 서가에 전시해야 할 것 같았다. 전집 도서의 세계는 아름답고 우아했다.

내가 어릴 때 미치도록 그리워하던 그 전집 도서들이 아닌가 말이다. 고급 사양으로 만들어진 책의 외양에 홀려 전집을 샀다. 새 책이 버거울 때면 전집 도서만 할인 판매하는 곳이나, 중고 책방들을 돌면서 책을 사들였다. 어쩌면 내 안의 숨어 있던 그 아이, 이웃집 골방에 코를 처박고 해 지는 줄 모르고 전집도서를 애착하던 가련한 그 아이를 위한 탐닉이었을 터이다. 막상 내 앞의 아이는 그 귀한 책들을 쳐다보지 않았고, 어린이책은 고스란히 엄마의 탐구생활이 되었다.

어린이를 위한 작은 도서관을 시작하면서 그림책 탐구와 수집은 더욱 본격화되었다. 내 안의 어린아이는 끝도 없이 그림책을 원했고, 하루에 수십 권씩 읽고 또 읽으며 그동안 전혀 내가 알지 못했던 새로운 세상으로 빠져들었다.

그때 내 마음을 건드린 책들 중 하나가 〈부엉이와 보름달〉이다. 그림책은 말 그대로 그림으로 이야기를 건네는 책이니 만큼 그림이 주는 시각적 이미지와 메시지 전달력이 우선 다가온다. 또 좋은 그림책은 그림만으로 충분한 서사를 보여 주는 책이라고 생각한다. 그림책이 아직 글을 알지 못하는 어린아이들의 책인 까닭도 바로 이것이다. 언어를 미처 습득하기 이전, 본능적인 인간의 오감만으로도 충분히 맞닿아 있음을 느끼게 해 주는 게 그림책의 매력이다.

그러나 이미 글을 알고, 사회적 관습과 기호와 메시지를 익혀 버린 어른인 나는 이렇게 본능으로 그림을 느끼지 못한다. 더군다나 오랫동안 문자를 다루는 일을 한 나는 텍스트 위주의 고정관념과 사고방식을 벗기가 힘들다. 그림책도 글을 먼저 읽고, 아무리 그림이 감각적이고 좋아도 문장이 주는 아름다움과 내용의 서사를 느끼지 못하면 일순위에 놓지 않는다.

〈부엉이와 보름달〉은 갓 그림책을 읽기 시작한 나의 취향을 충족시켜 준 책이다. 보름달이 뜬 겨울 숲으로 부엉이 구경을 나간 아빠와 어린 딸의 한밤의 산책. 눈 덮인 숲속, 겨울밤의 고요와 정적, 문득 마주친 부엉이와의 만남을 담백하게 그려 낸 그림도 좋지만 나는 마치 한 편의 시 같은 글에 반했다.

추운 겨울밤이었습니다. 잠잘 시간도 한참 지난 밤중에
아빠하고 나는 부엉이 구경을 나갔습니다. 바람은 불지 않았고
나무도 거대한 동상처럼 가만히 서 있었습니다.
달빛이 밝아 하늘도 환하게 빛났습니다. 저 뒤쪽 어딘가에서
길고 나지막하게 기적 소리가 들려 왔습니다.
슬픈, 슬픈 노래 같았습니다.
-제인 욜런 지음, 존 쇤헤르 그림, 박향주 옮김, 〈부엉이와 보름달〉, 시공주니어

그림책의 문장이란 이토록 쉽고도 아름다워야 한다고 생각한다. 차갑고 적막한 겨울 숲의 정조가 고스란히 내게로 전해져

오는 느낌이다. 이 그림책을 아이 어른 할 것 없이 읽어 주기도 많이 읽어 주었고, 특히 아이들에게는 그림책의 문장을 그대로 옮겨 써 볼 것을 많이 권했다. 아름다운 글은 읽는 이의 마음을 설레게 한다. 아름다운 글을 낭송하다 보면 아름다움이 눈앞에 잡힐 듯 선연하게 다가온다. 아름다운 글을 옮겨 적다 보면 아름다움이 내 안에 스며든다. 뜻을 몰라도, 이해하지 못해도 아름다운 것은 따라해 볼 만하다.

내가 그림책을 처음 읽던 그 시절, 처음으로 내 눈에 눈물이 맺히게 했던 책은 〈엄마 마중〉이다. 추운 겨울날, 오지 않는 엄마를 기다려 버스 정거장에 마중 나온 어린아이의 발갛게 튼 얼굴이 사랑스러운 그림책. 글도 짧고, 내용도 단순하다. 버스가 한 대 올 때마다 우리 엄마가 내리는지 살펴보고 또 살펴보는 중에 짧은 겨울 해는 넘어가고, 정거장의 사람들은 하나둘씩 자리를 뜨는데 볼 빨간 아이만 시린 손 호호 불며 서 있다.

그러나 그 시절을 살았던 우리들에게는 너무나 익숙한 이야기. 이 아이처럼 나도 어릴 때 버스 정거장에서 퇴근하는 아버지를 기다렸다. 이미 젊음이 가버린 중년의 아버지는 자신을 마중 나온 막내딸의 기다림에 보은해 언제나 손에 검은 비닐봉지를 들었다. 혹은 집으로 들어가는 길목에서 여러 가지 군것질로 이 짧은 시간을 즐기기도 했다. 해질 무렵이면 버스 정거장으로 아버지를 마중 가던 내 안의 어린 소녀가 그림책 속 어린 소년

작은 책방에도 장르가 있다

위로 겹쳐 올랐다.

배는 점점 고파오고 벌써 여러 대, 버스가 지나가도 그리운 얼굴이 보이지 않을 때 걱정보다는 실망과 짜증이 겹쳤던 것 같다. 해는 벌써 지고 눈까지 내리는 겨울 저녁, 작가는 야속하게도 어린아이를 버스 정거장에 그대로 세워 두었다. 별다른 설명도, 사연도 써 있지 않은데 이 장면을 볼 때마다 서러워진다. 그림책은 아이를 핑계로 어른인 내가 울고 또 웃는 책이다.

그러나 지금 나의 작은 책방에선 이 책들을 잘 팔지 않는다. 이 책들뿐 아니라 그때 그 시절, 나를 웃게 하고 울렸던 수많은 걸작 그림책을 우리 책방에서는 거의 팔지 않는다. 책방지기로서 나는 오래된 구간보다, 신간 도서를 다루는 데 더 집중하기 때문이다. 아마도 이 부분에서 책방마다 조금씩 다른 특징을 갖고 있을 것이다. 나는 신간 서점의 역할 가운데 중요한 지점이 그때그때 새로 나오는 책을 잘 선별해서 독자들에게 알려 주는 것이라고 생각한다. 동시대 출간되는 책을 통해 지금 세태의 흐름을 읽어 내고 미래를 예측하며 현재를 살아가는 데 도움이 되는 안내자로서의 역할이 필요하다고 생각한다.

독자 스스로 이 모든 걸 다 할 수 있으면 좋겠지만 그렇지 못할 때 서점은, 출간되는 책을 통해, 그 책을 진열한 서가를 통해 독자들에게 시대를 알리는 역할을 해 줄 수 있다고 본다. 그래서 서점에 갈 때면 고전과 명작, 좋은 구간들이 꽂힌 서가도 좋지만 새로 나온 책 코너의 구성에 좀 더 신경을 쓴다. 우리 서점은 비록 협소하고 서가는 작지만, 이곳엔 내가 정리한 요즘 우리들 세상의 트렌드와 경향이 있다. 독자들이 이걸 잘 알아채고 계실지는 모르겠지만.

특히 어린이책의 경우 내가 안타깝게 생각하고 있는 것은 스테디셀러의 비중이 지나치게 높다는 것이다. 어린이책은, 주독자인 어린이가 직접 고르는 책이 아니라 어린이를 위해 어른이 대신 골라 주는 책이라는 점에 시장의 특징이 있다. 책을 구매해야 하는 어른은, 이미 어린이가 아니기 때문에 어떤 책이 아이가 좋아할 만한 책인지 구분하기 어렵다. 게다가 이 책에 어떤 불량한 성분들이 섞여 들었는지 알 수 없기 때문에 검증되지 않은 책을 구매하지 않으려 한다. 어른들은 어린이책에서 재미와 즐거움보다는 다른 걸 좀 더 원한다. 그래서 주위의 평에 많이 기댄다. 전문가 평에 기대고, 옆집 엄마의 추천에 기대고, 베스트셀러 순위에 기댄다. 그러다보니 출간된 지 십수 년이 지난 그림책이 여전히 스테디셀러이자 베스트셀러를 차지하고 있는 경향이 높다. 어린이책을 공부하거나 추천하는 이들이 많아지고, 독서모임이 많이 생기면서 점차 다양한 선택이 늘고는 있지만 아직도 개성이나 취향에 따른 선택보다는 대다수의 추천과 검증이 더 중요한 시장이다.

독서란 시대를 읽는 것이다. 아이들도 마찬가지다. 지금 시

작은 책방에도 장르가 있다

대 그림의 흐름과 취향과 어린이들의 정서를 반영한 새로운 책을 많이 읽으면 좋겠다. 그런데 옛 책이 있으면 나의 향수와 추억에 기대어 자꾸 그 책들을 추천하게 된다. 서가가 2000년대, 2010년대, 내가 그림책을 처음 만나고 감동했던 그 시절에 자꾸만 머물러 있으려 한다. 그래서 의도적으로 그 책들을 서가에 두지 않는다. 이미 충분히 많이 팔린 이 책들은, 그러니 도서관에 가서 꼭 찾아 읽어 보시라 권하고 지금 새로 나오는 책들을 응원해 달라 이야기한다. 새 출판사에서 발굴하는 새로운 흐름의 책, 새 작가들이 만들어 내는 새로운 이야기, 과거보다는 미래가 보이는 이런 책을 읽으며 작가도 독자도 함께 성장하는 그림책 세상을 꿈꾼다.

어른이 좋아하는 그림책

그림책의 정의 중 최근에 가장 많이 이야기되고 있는 게 그림책은 '0세부터 100세까지 누구나 보는 책'이라는 표현이다. 원래 그림책은 어린이들만의 것이라고 생각해 왔다. 그런데 어느 순간부터 그림책을 보는 어른들이 늘어나기 시작했다.

최근엔 청년 세대들이 그림책 세계로 편입되고 있다. 이들은 문자보다 시각 이미지가 더 편한 세대다. 그림이 전하는 메시지를 읽어 내는 것이 익숙할 뿐 아니라 시각 콘텐츠로 표현하는 것도 자연스럽고 틀에 얽매이지 않고 자유롭다. 최근 독립출판물을 주로 다루는 서점들을 가 보면 이렇게 젊은 세대들이 그리고 만든 책을 흔하게 만날 수 있다.

〈연남천 풀다발〉은 일러스트레이터가 아닌, 화가가 글과 그림을 함께한 책이다. 주변에서 흔히 볼 수 있는 풀들을 수채화로 아름답게 그렸는데 섬세하고 따뜻한 느낌이 너무 좋았다. 들풀 특유의 메마르고 거친 느낌을 잘 표현한 그림도 좋았지만 이 책에서 특히 좋았던 건 작가의 시선이었다. 쑥, 냉이, 꽃마리, 애기똥풀, 벌개미취, 까마중처럼 도심에서도 시골에서도 언제나 우리 가까이 있는 들꽃들. 그래서 유심히 보지 않고 스쳐 지나가는 것들, 평범한 것들, 작은 것들에 눈을 맞추고 그들의 이야기를 들어 준 작가의 마음이 내 마음에 와서 닿았다.

세상이 아무리 시끄러워도

그 자리에서 묵묵히

잎을 키우고

열매를 맺는 너.

그러고 보니 세상엔

이유 없이 일어나는 일은 없었다.

꽃이 피고 지는 일에도,

작은 열매의 생김새에도 이유가 있다.

-전소영, 〈연남천 풀다발〉, 달그림

계절을 보내고 맞으며 작가는 매일 걸었던 집 근처 산책길에 피고 지는 꽃들을 눈에 담았고 그림으로 그렸고 오랜 친구에게 편지를 쓰듯 독자들의 마음속으로 보냈다. 나도 답장을 하고 싶었다. 시골에 살면서 하찮게 여겼던 것들, 귀찮다고 매일 몇 번씩 뽑아 버리던 것들, 이젠 가족이 되어 버려 특별하게 들여다보지 않는 내 마당 안의 작은 이들, 밟힌 그들의 이야기를 당신 덕분에 책방의 독자들과 나누게 되었다고.

어느 연말엔 특수 교사들이 책방에 힐링 연수란 걸 왔다. '힐링'과 '쉼'을 유독 강조하는 담당자의 말을 들으며 어떤 쉼을 제공할 수 있을지 고민하며 책을 골랐다. 그러나 그들은 도심과 학교 현장을 떠나 자연 속에 들어왔다는 사실만으로도 이미 몸과 마음에 긴장을 풀고 있었다. 그네벤치에 앉아 늦가을 햇살을 즐기고, 해먹에 누워 깔깔대며 웃어 보고, 정원의 풀과 꽃을 살펴보면서 그들의 마음이 촉촉하게 젖어 가는 걸 느꼈다.

책방에 모여 앉은 선생님들 앞에서 나는 〈가드를 올리고〉를 펼쳤다. 이 책은 독특하게도 글과 그림이 서로 다른 이야기를 하고 있는 책이다. 글은 등산에 관한 이야기다.

산을 오른다.
처음에는 단박에 오를 것 같았지.
생각처럼 쉽지 않네.
좁은 길을 지나 골짜기를 넘어
커다란 바위를 만났어.
-고정순, 〈가드를 올리고〉, 만만한책방

작은 책방에도 장르가 있다

그러나 그림은 링에 오른 두 선수를 보여 준다. 서로가 한 방씩 주고받다 링에 쓰러지기도 하고 그로기가 오면서 무릎을 꿇은 채 글러브로 멍투성이인 얼굴을 가리고 있는 그것은 아마도 지금 산을 오르고 있는 나의 모습. 링 위에 무너진 채 이대로 끝일까, 생각하는 순간 그는 비칠비칠 다시 일어나며 생각한다.

산 위에는 정말 바람이 불까?

바람이 분다.

가드를 올린다.

아무도 없는 모퉁이에서

다시

가드를 올리고.

-고정순, 〈가드를 올리고〉, 만만한책방

페이지를 넘겨 시퍼렇게 피멍 든 얼굴을 하고 다시 가드를 올리는 그의 얼굴에 희미하게 떠오른 웃음기를 발견할 때 선생님 한 분이 안경 밑으로 눈물을 닦는다. 조용한 책방에 훌쩍 소리가 작게 들리지만 우리는 모두 모른 체한다.

읽을 때마다 자못 숙연해지는 이 그림책에서 내 마음을 울리는 대목은 이 부분이다. '아무도 없는 모퉁이에서'.

멍든 가슴을 주먹으로 치면서 아무도 없는 모퉁이에서 다

시 가드를 올리는 것, 그렇게 벨이 울릴 때까지 링 위에서 버텨야만 하는 것, 그게 우리들 어른의 삶이기에 유난할 것 없는 그림책의 한 줄에 마음이 울고 눈가가 젖는다.

일본 서점 여행을 갔을 때 한국에 번역되지 않은 그림책 한 권을 만났다. 미야자와 겐지의 시를 일본의 전통 목판화로 그려 낸 작품이었다. 미야자와 겐지는 농촌에서 교사를 하며 시와 동화를 쓰다 병으로 세상을 떠난 후에야 작품들이 알려지기 시작한 작가다. 농촌의 가난을 아파하고 순수함이 살아 있는 동심과 환상의 글을 쓴 그는 권정생 작가를 떠올리게 한다.

〈은하철도의 밤〉, 〈주문이 많은 요리점〉 등 어린이책으로 그를 만났던 나는 서점에서 이 그림책을 보고 좋아서 즉시 장바구니에 담았다. 서점들을 돌아다니다 보니 같은 시에 서로 다른 화가들이 그림을 그린 책들이 다양하게 출간되어 있어서 서로 비교해 가며 보는 즐거움이 있었다.

그 책들 가운데 두 권이 각기 다른 출판사에서 번역 출간되어 나왔다. 아쉽게도 내가 처음 보고 감동했던 책은 너무 일본적인 색채가 강한 예술 그림책 느낌이어서 그런지 국내에선 선택받지 못했다. 이 시는 처음부터 시로 쓰기보다는 작가가 죽기 직전 수첩에 메모처럼 남겼던 글을 정리한 것이다.

비에도 지지 않고 바람에도 지지 않고

눈에도 여름 더위에도 지지 않는

튼튼한 몸으로 욕심은 없이

결코 화내지 않으며 늘 조용히 웃고

하루에 현미 네 홉과 된장과 채소를 조금 먹고

모든 일에 자기 잇속을 따지지 않고

잘 보고 듣고 알고 그래서 잊지 않고

들판 소나무 숲 그늘 아래 작은 초가집에 살고

동쪽에 아픈 아이 있으면 가서 돌보아 주고

서쪽에 지친 어머니 있으면 가서 볏단 지어 날라 주고

남쪽에 죽어가는 사람 있으면 가서 두려워하지 말라 말하고

북쪽에 싸움이나 소송이 있으면

별거 아니니까 그만두라 말하고

가뭄 들면 눈물 흘리고

냉해 든 여름이면 허둥대며 걷고

모두에게 멍청이라고 불리는

칭찬도 받지 않고 미움도 받지 않는

그러한 사람이 나는 되고 싶다.

-미야자와 겐지 시, 야마무라 코지 그림, 엄혜숙 옮김, 〈비에도 지지 않고〉,

그림책공작소

작은 책방에도 장르가 있다

책을 번역한 엄혜숙 작가는 후기에 이렇게 쓰고 있다.

"톨스토이, 미야자와 겐지, 권정생. 이들은 모두 서로 다른 나라에서 태어나 서로 다른 시기에 살았던 작가들입니다. 하지만 사람이 하는 일 중에 농사가 가장 중요하다고 생각하고, 사람 뿐 아니라 모든 생명체를 귀하게 여기고, 전쟁 없는 삶을 바라고, 바보나 멍청이처럼 살아가고 싶어 한 점은 모두 같습니다."

매일 나는 이 그림책을 보고 또 보며 글을 외운다. 바보나 멍청이는커녕 농촌 마을에 와서도 영악한 도시민의 생리를 저버리지 못하는 삶이지만 이 시를 외고 또 외우며 날이 선 마음을 달래곤 한다.

4장

쓰는 사람,
읽는 삶

두 해 전, 한 포털 커뮤니티에서 시행하는 '프로젝트100'에 참여 제안을 받았다. 주최자가 하나의 미션을 정해, 참가자를 모집하고 함께 100일 동안 매일매일 그것을 실천하고 인증하는 프로젝트다. 개설한 프로젝트를 살펴보면 매일 명상하기, 하루 10분 걷기, 하루 물 6잔 마시기 등 소소한 일상과 관련된 것들이 많았다. 우리는 아무래도 책방이니 만큼 책과 관련한 미션을 해보라는 제안이었다. 100일 동안 매일 무언가를 꾸준히 하고 그것을 인증해서 SNS에 올리기가 쉬운 일은 아니니 실천이 어려운 것보다는 가벼운 마음으로 할 수 있는 미션을 선정하면 좋겠다고 했다.

조언에 따라 첫 시즌에는 20명의 참가자들과 '숲에서 책을 읽다'라는 주제로 인증 미션을 다소 광범위하게 정했다. 무엇이 됐든 책과 관련한 이야기, 사진, 그림 등을 자유롭게 올리는 것이다. 과연 매일 책과 관련된 무언가를 인증하는 게 쉽지 않아서 매니저인 나도 겨우 60여 일만 미션을 수행할 수 있었다. 100일을 모두 완성한 이들에게는 '황금종료상'이라는 걸 마련해 100일이 끝난 후, 북파티와 함께 시상식을 했다.

두 번째 시즌에선 '백일정담'이라는 주제로 좋아하는 책의 한 문장을 사진으로 찍어 올리거나 필사해서 올리는 미션을 정했다. 이때 발군의 참여자인 청년 '세미'가 등장했다. 나와 책 여행을 같이 다니던 친구의 딸인데, 아빠의 캄보디아 발령으로 가족과 잠시 그곳에 거주하게 되었다. 그곳도 코로나를 피할 수는 없어 가자마자 꼼짝없이 집에 발이 묶였다. 덕분에 엄마와 딸은 100일 동안 착실히 집에서 프로젝트를 수행했다. 가져간 책이 많지 않으니 가끔 집 앞 작은 서점에 가서 그림책이나 영어로 된 책들을 구매하곤 했는데 세미가 매일매일 책의 한 장면을 따라 그리거나 필사해서 올리는 노트가 그 자체로 예술작품이었다. 참가자 30명은 매일 밤 세미의 필사 노트를 감상하는 즐거움에 성실하게 미션에 임했고, 함께하는 이들에게 커다란 자극이 되었다. 100일이 끝나고 나니 세미가 완성한 노트는 아름다운 한 권의 책 같았다.

실물을 보고 싶어서 한국까지 노트를 우편으로 보내 달라 요청했는데 받아든 순간 벌린 입을 다물 수가 없었다. 태어나서

처음 만나 보는 예술미 넘치는 독서 노트였다. 책방을 찾는 이들에게 이 노트를 보여 주면서 '필사의 아름다움'을 이야기하고 도전을 권하곤 한다. 가장 크게 자극을 받은 건 나였다. 좋아하는 문장 옮겨 쓰기나 시집 필사나 독후감 쓰기 등 내가 책을 읽은 후기만 기록해 놓은 노트도 수십 권에 이르지만 그야말로 자료집에 불과할 뿐, 이렇게 완성도 높은 독서 노트를 채운 적은 없었다.

시즌3이 되었을 때 나는 '전작주의 클럽'을 미션으로 정했다. 100일 동안 한두 작가의 작품만을 전작으로 집중해서 읽고 인증한다는 목표를 정했고 고민 끝에 내가 선택한 작가는 슈테판 츠바이크였다. 좋아하는 작가는 많지만 다른 이들과 겹치지 않는 작가였으면 했고, 내가 아직 읽지 않은 책이 많이 남아 있는 작가, 무엇보다 출간된 저서가 많아서 100일을 무난히 끌고 갈 수 있는 작가를 골랐다.

그리고 나름대로 하나의 미션을 더 정했다. 시즌2에 내게 자극을 준 세미처럼 노트 한 권을 오롯이 이 미션으로 채우기로 한 것이다. 지금 책방 서가에 자랑스럽게 전시해 놓고 있는 백창화의 츠바이크 독서 노트는 이렇게 시작되었다. 세미의 노트에 비하면 완성도도, 예술성도 떨어지지만 100일 동안, 한 작가만으로, 한 권의 독서 노트를 채웠다는 사실이 스스로 대견하고 감격스러워서 만나는 이마다 자랑질을 해 대고 있다.

올해는 책방넷에서 100권의 책을 읽고 기록할 수 있는 독서 노트 〈책들의 책〉을 펴냈다. 고급 양장본으로 잘 만들어진 이 책을 판매하면서 나는 '백독백서 클럽'을 만들었다. 2021년 한 해 동안 100권의 책으로 이 노트 한 권을 채워 오는 이에겐 책방에서 선물을 주겠다는 공약을 내걸고 나부터 도전하고 있다. 노트는 지금까지 세 가지 컬러로 제작되었는데 그에 맞춰 나는 공책 세 권을 주제별로 써 나가고 있다. 한 권은 성인 책을 읽은 소감을 적는 노트, 한 권은 100권의 그림책을 기록하는 노트, 그리고 또 한 권은 내 인생의 시 100편을 적는 시집 필사 전용으로 정했다. 물론 노트 세 권을 모두 올해 안에 완성할 수는 없을 테지만 1월부터 지금까지 나는 매일매일 한 장씩 무언가 읽고 쓰는 일을 멈추지 않고 있다. 배우 하정우처럼 매일 걷지는 못해도, 파블로 카잘스처럼 1일 1바흐는 하지 못해도, 1일 1필사라는 읽고 쓰는 일만큼은 내 일상을 견디게 하는 삶의 습관으로 가져가리라 다짐해 본다.

쓰는 사람, 읽는 삶

슈테판 츠바이크가 보내온 낯선 여인의 편지

종이책 예찬자이자 활자 중독인 내게 오디오북의 신세계를 열어 준 책이 바로 슈테판 츠바이크의 〈체스 이야기·낯선 여인의 편지〉다. 이전에도 팟 캐스트, 특히 책을 이야기하는 프로그램은 즐겨 듣고 있었지만 책이란 직접 읽는 맛이라고 생각해 낭독 프로그램은 잘 듣질 않았다. 그러던 어느 날 우연히 채널들을 검색하다 평소 읽고 싶었던 슈테판 츠바이크의 책이 낭독 목록에 있기에 한번 들어 볼까, 했던 것이 그만 내 맘을 사로잡았다.

제목처럼 이 책은 편지글이다. 유명 소설가 R에게 어느 날, 두툼한 편지 한 통이 배달된다. 편지는 그가 전혀 기억하지 못하는 낯선 여인으로부터 온 것이고 책 전체가 이 여인의 편지글로 되어 있다. 어쩌면 이런 구성 때문에, 목소리 고운 여자 아나운서가 감정을 담아 읽어 내려가는 편지글에 그만 몰입해 버렸

는지 모른다. "제 아이가 어제 죽었습니다." 시작이 강렬하다.

> 저를 전혀 모르는 나의 사랑이여. 제 모든 삶을 아셔야 합니다.
> 전 항상 당신 것이었는데 당신은 그 사실을 전혀 모르셨지요.
> 제 삶의 전부를 당신에게 다 털어놓고 싶습니다.
> 당신을 알게 된 바로 그날 처음 시작된 이 삶을 말입니다.
> -슈테판 츠바이크 지음, 김연수 옮김, 〈체스 이야기·낯선 여인의 편지〉,
> '낯선 여인의 편지', 문학동네

떨리는 듯한 음성으로 비운의 사랑을 읽어 내려가는 아나운서의 목소리에 나는 완전히 몰입했고 낭독의 마지막 부분에 이르러서는 절로 눈물이 주룩 흘렀다. 아무런 예고편도 기대감도 없이 곧장 이야기의 정수를 만났을 때 느껴지는 충격과 감동 같은 것이 나를 사로잡았다. 여운은 길어서 낭독이 다 끝나자 나는 곧장 책을 구입했고 종이책으로 다시 한 번 이 작품을 만났다. 그리고 슈테판 츠바이크라는 작가에 곧 빠져들어 갔다.

슈테판 츠바이크는 부유한 유대인 집안에서 태어난 엘리트 지식인이었지만 나치 시대가 열리면서 유럽을 떠나야 했다. 그의 책은 금서가 되어 불태워졌으며 독일에서 가장 인기 있는 작가였음에도 존재 자체가 지워지는 수모를 당했다. 결국 그는 사라져 가는 유럽의 순수를 절망하며 부인과 함께 약물 과다 복용으로 동반 자살하고 만다.

그가 자살하기 한 해 전에 쓴 자전적 회고록 〈어제의 세계〉는 사라져 가는 유럽의 고급문화와 선한 인간성의 상실에 대한 절망으로 가득 차 있다. 이 책은 영화감독 웨스 앤더슨에게 깊은 영감을 주었고 2014년 베를린영화제 심사위원 대상을 수상한 〈그랜드 부다페스트호텔〉이라는 영화의 근원이 되었다.

독특하고 아름다웠던 이 영화를 통해 내게는 조금 어렵고 멀었던 작가 슈테판 츠바이크가 한발 가까워지고 팟 캐스트를 통해 '낯선 여인의 편지'가 주는 감동을 맛보며 다양한 매체를 통해 우연히 발견하는 책과의 만남에 대해 다시 한 번 생각해 보게 되었다.

사실 '낯선 여인의 편지' 이전에 내게 슈테판 츠바이크를 알게 했던 첫 책은 〈마리 앙투아네트 베르사유의 장미〉다. 그리고 그 이전에 일본 만화 〈베르사유의 장미〉가 있었다. 이 책은 단순한 오락을 벗어나 만화가 진정한 내 인생의 책으로 등극하는 데 기여한 첫 번째 작품이다.

일본 만화가 이케다 리요코가 그린 이 작품은 프랑스 혁명기 마리 앙투아네트의 삶을 담은 것으로 역사적 사실에 허구를 결합한 '팩션'이다. 감수성 예민한 여고생에게 왕비의 근위대장을 맡았던 남장 여자 오스칼이 전해 준 판타지는 강렬했다. 프랑스 왕정과 계급사회의 모순, 민중과 혁명 같은 단어는 정의롭고 평

쓰는 사람, 읽는 삶

등한 세상에 대한 동경으로 이어졌다. 이 책을 필두로 〈캔디 캔디〉, 〈오르페우스의 창〉 같은 잊지 못할 명작 만화의 세계에 발을 디뎠으니 나의 여고 시절은 이 만화들을 빼고는 생각할 수 없다.

그런데 만화 〈베르사유의 장미〉가 슈테판 츠바이크 〈마리 앙투아네트 베르사유의 장미〉를 기반으로 했다는 사실을 나중에야 알게 되었다. 소녀 시절, 나를 사로잡았던 만화의 기억을 붙들기 위해 이 책을 읽었다. 그러나 만화의 이미지가 워낙 강렬했던 탓인지 그냥 그렇게 지나가는 책이 되고 말았다. 슈테판 츠바이크의 글은 장대하면서도 읽는 재미가 있지만 대체적인 줄거리가 만화와 거의 비슷했고 당시엔 만화의 향취가 나를 깊이 사로잡고 있었기 때문이리라.

이 책을 다시 꺼내 들게 된 것은 2018년 촛불 광장 때문이었다. 촛불혁명이 대통령 탄핵으로 마무리된 후 나는 혁명에 대해 다시 생각하며 〈마리 앙투아네트 베르사유의 장미〉를 꺼내 들었다. 그리고 슈테판 츠바이크의 글에 새삼 매료되었다. 그 이유는 한 여인에 있었다. 책을 읽으면서 계속 책 속의 인물에 한 여인을 대입하고 있는 나를 발견한다. 국민을 기만하고 권력을 사유화한 죄로 국민들에 의해 탄핵당하고 지금은 갇힌 몸이 된 여인. 마리 앙투아네트처럼 무지로 인해 자신을 망가뜨린 여인을. 시대를 건너 두 여인이 오버랩되면서 책을 읽는 내내 가슴이 아팠다.

어린아이일 때 벌써 궁정을 집으로 선물 받았고 성년이 채 되기도 전에 왕관을 썼다. 아직 어린 나이에 기품과 부의 모든 선물을 아낌없이 무더기로 쌓아주었으며 게다가 이런 선물의 값과 가치에 의문을 품지 않는 경박한 마음을 덧붙여주었다. 오랫동안 역사는 이 지각없는 여자를 호강만 시켜주어서 버릇없고 유약하게 만들어, 마침내 그녀는 감각이 무뎌져서 점점 매사에 무관심해졌다. 그러나 그토록 빠르고 쉽게 행복의 절정으로 끌어올렸던 만큼 운명은 그 뒤에 그녀를 그보다 더, 교활하리만큼 잔인하게 천천히 몰락시켰다.

-슈테판 츠바이크 지음, 박광자·전영애 옮김, 〈마리 앙투아네트 베르사유의 장미〉, 청미래

소녀 시절, 만화는 내게 격변의 시대를 뜨겁게 살아냈던 혁명과 사랑의 판타지로 잠 못 들게 했다. 젊었을 때 츠바이크의 말처럼 "혁명의 피는 뜨겁고 거칠 것이 없었다."

30년의 시간이 흘러 촛불혁명을 경험하고, 끌어내려진 여인의 삶을 보면서 다시 읽는 〈마리 앙투아네트 베르사유의 장미〉는 역사의 뒤안길에서 운명이라는 잔인한 손에 휘둘리는 인간의 삶을 애잔한 시선으로 보게 한다. 삶의 고통과 피할 수 없는 운명에서 최선의 선택을 하려고 하는 인간들의 몸부림이 참으로 덧없다.

그러나 '역사라는 위대한 창조주'는 수많은 왕족들처럼 그

저 그렇게 살아갔을 수도 있는 여인을 운명의 소용돌이 속으로 몰아넣었다. 비극으로 치달아가는 과정을 읽으면서는 내내 마음이 복잡했다. 감옥 안에서 고독한 최후의 날들을 보내고, 민중들에게 끌어내려져 단두대 앞에 섰을 때 아름답던 미모가 백발로 변해 있었다는 이 여인의 마지막 시간들이 촛불혁명에 의해 끌어내려져 수인번호를 달고 있는 어떤 여인의 모습과 계속 겹쳐졌기 때문이다.

> 마리 앙투아네트는 고독한 최후의, 가장 마지막 계단에
> 서지 않으면 안 되었다. (…) 난생 처음으로 책을 요구했고
> 충혈된 눈으로 글을 읽었다. (…) 아무도 찾아오지 않았다. (…)
> 좁고 관처럼 축축하고 어둔 이 천장이 낮은 방 안에는
> 적막, 영원한 적막뿐이었다.
> -슈테판 츠바이크 지음, 박광자·전영애 옮김, 〈마리 앙투아네트 베르사유의
> 장미〉, 청미래

그녀의 어머니인 마리아 테레지아 왕비가 '도대체 넌 언제 너 자신이 될 거냐'며 끝없이 질책하고 교훈하던 그 말의 의미를 알지 못했던 마리 앙투아네트는 불행과 절망을 겪으며 마지막에서야 비로소 그 자신이 되었다고 작가는 쓰고 있다. 불행 속에서야 겨우 인간은 자기가 누구인가를 알 수 있는 법이라고 덧붙이며.

멈추지 마 움직여, 올리버 색스

어릴 때부터 수학을 싫어하던 아이는 고등학생이 되자 자연스럽게 '문과반'이 되었다. 그러자 물리, 화학, 생물, 지구과학 네 과목 중에 한 과목만 선택해서 대입시험을 치르면 됐고 입시를 끝으로 과학이라는 학문은 내게서 멀어졌다.

과학을 책으로 다시 만난 건 도서관 일을 하면서다. 아이들을 위해 쉽고 재미있게 쓰인 과학 책을 찾아 읽었다. 생물도, 지구과학도, 양자역학도, 나는 모두 어린이책으로 읽었다. 청소년기에 과학이 이렇게 재미있는 학문이라는 걸 알려 줄 책 한 권을 만났더라면, 내가 우주에서 흩어져 버린 별의 한 조각으로 만들어진 '별아이'라는 걸 알려 주는 선생님 한 명을 만났더라면, 그랬더라면 나는 세상의 신비와 우주의 질서를 좀 더 자각하는 삶을 살게 되었을까 간혹 생각해 보곤 한다.

〈아내를 모자로 착각한 남자〉는 과학자의 글이라기에는 너무나 문학적인 제목이어서 호기심에 집어 들지 않을 수 없는 책이었다. 아내를 원숭이라거나 강아지로 착각하는 것도 아니고 모자로 착각하다니, 그렇다면 아내를 집어 들어 머리에 쓰기라도 한단 말인가. 실제 이런 일이 가능하단 말인가. 책을 집어 들었고 나는 곧 빠져들어 읽었다. 이 책은 과학책으로는 드물게 베스트셀러가 되면서 '올리버 색스'라는 사람의 이름을 알렸다. 그리고 뒤이어 그의 책들이 출간되기 시작했다. 어떤 책은 흥미로웠고 어떤 책은 도저히 읽지를 못해 서가에 꽂아 두기만 했다. 2015년, 그가 죽었다. 그리고 죽기 전에 그가 직접 집필을 마친 자서전이 출간되었다.

〈온 더 무브〉, 의사이자 저술가였던 올리버 색스가 세상을 떠나기 전 가족, 일과 사랑, 평생 동안 해 왔던 연구, 저술 등에 대해 쓴 책이다. 내가 지금껏 본 자서전 중에 가장 감동적이고 멋진 책이다. 자기 삶에 이렇게 솔직한 자서전을 여태껏 본 적이 있었던가. 자서전이 그저 일상의 사소한 기록이 아니라 자신이 평생 해 왔던 일에 대한 전문적 기록이자 자기 저서들에 대한 해설서가 될 수 있다는 점이 놀라웠다. 과도한 자기검열도, 자기도취도, 자기비판도 없는 솔직하고 담백한 책. 자서전이라는 장르에 대한 새로운 성취라고 생각했다.

책은 첫 페이지부터 인상 깊다.

"내가 무엇보다 사랑한 것은 모터사이클이었다."

1933년 영국 런던에서 태어나 2015년에 세상을 떠난 뇌신경 과학자. 그가 생애 마지막에 자신의 삶을 정리하면서 가장 먼저 들려주는 이야기는 모터사이클을 처음 갖게 된 시절이다. 옥스퍼드 대학 입학을 앞두고 있던 해였고, 아버지에게 동성애 경향에 대해 고백을 했으며 어머니로부터 "너는 태어나지 말았어야 해"라는 말을 들었던 올리버 색스의 열여덟 살.

그는 부모가 모두 의사고 두 형도 모두 의사에 일가친척의 면면도 대단했던 소위 금수저 집안에서 태어났다. 동성애가 범죄로 취급받던 1950년대 영국에서 자신의 성정체성을 비난하던 어머니로 인해 죄의식이 주입되어 거의 평생 따라다녔다고 그는 고백한다.

당시에 결코 떳떳할 수 없었던 남자들끼리의 연애와 사랑, 욕구를 해결하기 위한 섹스, 급기야 약물 중독에 이르기까지 올리버 색스의 청춘은 불안하고 중독된 삶이었다. 동시에 자신을 지키기 위해 몸부림치던 절박한 순간들이었다.

1966년은 마약을 끊기 위해 발버둥 치던 어두운 시기였다. (…) 정신과 상담과 좋은 친구들, 임상과 글쓰기 활동이 주는 충족감, 그리고 무엇보다 행운이 나를 만인의 예상을 뒤엎고 여든이 넘도록 살아 있게 해 주었다.

-올리버 색스 지음, 이민아 옮김, 〈온 더 무브〉, 알마

자신의 말처럼 그는 뇌신경의학자로서, 탐구심과 환자에 대한 애정이 가득한 타고난 의사였다. 동시에 훌륭한 글쟁이였다. 작가로서 그의 토대는 대학도서관, 그리고 영어사전이다. '역사와 모국어의 진정한 가치를 처음으로 배운 곳'은 대학도서관의 지하 서고였고, 대학생이던 그가 가장 갖고 싶었던 것은 '옥스퍼드 영어사전'이었다. 학교 앞 블랙웰 서점에서 44파운드 주고 구입한 12권짜리 이 영어사전을 의학부 시절 내내 통독했다.

의사이면서 10여 권의 책을 내고, 그 책들이 가벼운 신변잡기 에세이가 아니라 모두 자신의 전공 관련한 임상 에세이였다. 심지어는 한 책을 10년에 걸쳐 쓰기도 했을 만큼 탐구와 끈기의 결과물임에도 사람들의 감동을 이끌어 낸 대중적인 글쓰기로 세계적인 베스트셀러가 되었다. 이 불가해한 일들의 비밀은 책의 맨 마지막에 이르러서야 나온다.

열네 살 때부터 쓰기 시작한 일기장이 현재 1,000권에 육박한다. 늘 들고 다니는 작은 수첩형 일기장에서 큰 책만 한 것까지 모양도 크기도 가지각색이다. (…) 내게 글쓰기는 정신생활에 없어서는 안 될 절대적 요소다. 생각이 떠오르고 그 생각이 꼴을 갖추어가는 과정 전체가 글쓰기를 통해

이루어지는 까닭이다.

-올리버 색스 지음, 이민아 옮김, 〈온 더 무브〉, 알마

책을 읽으며 나는 의사이자, 이야기꾼이며, 글쟁이였던 올리버 색스를 느낀다. 그러면서도 주말이면 모터사이클을 타고 1600킬로미터를 달리던 역동적인 한 인간의 빛과 그림자를 떠올려본다. 언제나 멈춰 있지 않고, 늘 '움직이던(on the move)' 올리버 색스를 그해 독서 일기 첫 장에 기록하며 나의 불성실한 글쓰기를 반성했다. 일흔다섯 살에 사랑과 죽음, 무상함이 한데 뒤엉킨 강렬한 감정으로 마지막 연인과 열정을 불태운 그의 삶에 깊은 감동을 느끼며 활활 타오르지 않는 내 삶과 나의 사랑을 반성했다.

시골살이를 시작한 후부터 하루 일과를 마감하는 깊은 밤, 현관문을 열고 나가 밤하늘을 올려다보는 게 일과가 되었다. 완벽히 깜깜한 밤하늘을 올려다보며 나는 언제나 윤동주의 시를 왼다.

별 하나에 추억과, 별 하나에 사랑과, 별 하나에 쓸쓸함과, … 내가 서울에 두고 온 것들과, 이제는 잃어버린 희미한 기억들과, 아직도 남아 있는 작은 통증들을 헤아려 본다. 사방이 어둠에 잠긴 깊은 밤, 윤동주의 시는 언제나 '내가 가장 예뻤을 때'를 생각하게 한다. 매일 밤 시를 쓰고 외우던 소녀 시절로 나를 데려간다. 윤동주는 내게 하나의 상징이다. 그러나 그는 너무나 멀리 있었다. '별이 아슬히 멀 듯이'.

2018년 2월, 친구들과 교토 여행을 갔다. 1년에 한두 번씩 국내외 책 여행을 함께 다니는 친구들이다. 교토의 유명한 서점과 그림책 미술관 등이 주 목적이었는데 교토 도시샤대학 안에 윤동주 시비가 있다 하여 들렀다. 머나먼 이국의 땅, 일본 군사제국주의에 의해 희생된 시인의 시비가 그곳 대학 교정 안에 세워져 있다는 사실이 이채로웠다. 약 80여 년 전에 시인이 거닐었을 대학의 교정에 서서 '하늘을 우러러 한 점 부끄럼 없기를' 기도했던 시인의 시를 낭송하자니 눈가에 눈물이 차올랐다. 내친 김에 일행 중 몇이 시인이 체포되기 전 마지막 소풍을 즐겼다는 '우지강' 유원지를 방문했다. 그곳에서 받은 감동이 너무 커 즉석에서 '윤동주 문학회'를 결성했다. 돌아와서 1년 동안 〈윤동주 평전〉을 읽고 다음해인 2019년 2월 16일, 윤동주 시인의 기일을 맞아 다시 한 번 교토를 찾았다. 여행 목적 자체가 '윤동주를 따라가는 문학여행'으로 시인이 다니던 학교, 머물던 하숙집 터, 나들이 갔던 유원지를 돌아 시인의 목숨을 앗아간 후쿠오카 형무소 터까지 돌아보는 일정이었다.

시인의 흔적이 묻어 있는 곳곳은 낮은 한탄, 그리고 감동을 불러일으켰다. 교토에는 윤동주 시인을 기리는 시비가 모두 세 개 있는데 가장 먼저 세워진 게 시인이 다녔던 도시샤대학 시비다. 일본에서 윤동주가 본격적으로 알려진 건 1984년, '이부키 고'라는 이가 윤동주 시집 〈하늘과 바람과 별과 시〉를 최초로 완역 발간하면서부터다. 1986년엔 시인 이바라기 노리코가 에세이집에 윤동주의 시를 소개했고 이 글이 교과서에 실리면서 윤동주에 관심을 갖는 이가 많아졌다고 한다.

대사전을 베개 삼아 선잠을 자면

"너는 왜 이제야 왔니" 하고

윤동주가 부드럽게 나를 꾸짖습니다

정말로 늦었지요

하지만 무슨 일이든

너무 늦은 건 없다고 생각하기로 했습니다

젊은 시인 윤동주

1945년 2월 후쿠오카 형무소에서 옥사

그대들에게는 광복절

우리에게는 항복절인

8월 15일이 오기 겨우 반 년 전 일이라니

아직 교복 차림으로

순결을 동결시킨 듯한 당신의 눈동자가 눈부십니다

-하늘을 우러러 한 점 부끄럼 없기를

그리 노래하며

당당히 한글로 시를 썼던

당신의 젊음이 눈부시게 밝고도 쓰라립니다

-이바라기 노리코 지음, 정수윤 옮김, 〈처음 가는 마을〉, '이웃나라 언어의 숲',
봄날의책

1995년 세워진 도시샤대학 윤동주 시비 옆에는 그가 존경했던 시인 정지용의 시비가 나란히 함께 있다. 찾는 이가 많아서 늘 싱싱한 꽃이 있고 가끔 소주 한 잔, 담배 한 개비도 놓여 외롭지 않아 보이는 게 그나마 우리에게 위안이 되었다.

윤동주가 한 학기 동안 하숙했던 교토의 하숙집은 교토조형예술대학 소유가 되었다. 이 대학 총장 역시 윤동주를 기억해, 하숙집 건물을 허물고 새로 학교 건물을 지으면서 화단에 윤동주 시비를 세웠다. 매년 기일이 되면 도시샤대학에서는 추모식이 열리고 자연스럽게 이곳까지 추모객의 발길이 이어진다고 한다.

교토 우지강변에 건립된 '시인 윤동주 기억과 화해의 비'는 2017년에 만들어졌다. 우지는 일본 최초의 소설인 〈겐지모노가타리〉가 쓰인 곳이라 겐지 박물관이 있고 유네스코 세계문화유산인 '뵤도인(평등원)'이 있는 유명 관광지이다. 전쟁 막바지, 국내 상황이 점점 나빠지자 윤동주는 귀국을 결심하고 학우들과 이곳으로 소풍을 갔다. 그날 우지강변 아마가세다리에서 친구들과 찍은 사진이 그의 마지막 생전 모습으로 남았다.

2005년, 일본에서 윤동주를 기리는 이들(대부분이 일본인이다)

쓰는 사람, 읽는 삶

이 이곳에 기념비를 세우기 위해 모금을 하고 건립 허가를 요청했으나 지자체는 허가를 내주지 않았다고 한다. 이들은 10여 년 동안 30차례가 넘게 끈질긴 청원을 넣었지만 모두 거부당했다. 아마도 교토 대표 관광지 한복판에 식민통치로 희생된 시인의 비를 세우는 게 정부로서는 마뜩잖기 때문이리라. 우여곡절 끝에 기념비는 시인이 마지막 소풍 사진을 남겼던 아마가세다리보다 상류 쪽 강변 외딴곳에 자리를 잡게 되었다. 그날 소풍에 동행했던 친구의 회고에 따르면 그곳에서 윤동주는 아리랑 노래를 불렀다고 한다.

시인의 발자취를 따라 올라가는 숲과 강, 물살에 비친 오후 햇살은 따스했지만 우리들 마음엔 서늘한 그림자가 드리웠다. 100년의 시간이 지나도 과거를 반성할 줄 모르는 국가, 그러나 그런 조국을 부끄러워하는 일본 시민들의 양심과 지금도 여전히 차별 속에 놓인 재일동포들의 원한이 서로를 기억하고 보듬어가며 만들어 낸 화해의 자리. 청산되지 않은 역사는 그렇게 구석으로 내몰렸지만 '지지 않고' 오늘을 만들어 간다.

2년 동안 이어진 '윤동주 로드'의 정점을 찍은 곳은 시인의 꽃다운 청춘을 앗아가 버린 후쿠오카 형무소 터였다. 형무소는 1965년 해체되어 이전하였고 지금 그 자리는 관공서를 비롯한 건물들이 들어서 있다. 일본에서 만들어진 윤동주 추모회는 당시의 형무소 설계도를 입수해 사상범을 수용했던 독방 위치를

확인하였고 시인이 갇혀 있었을 자리를 추정했다. 시인의 기일인 2월 16일이 되면 매년 그 자리에서 추모행사를 올해로 26년째 이어오고 있다.

우리에게 이런 이야기를 들려준 미키코 마나기 씨를 잊을수 없다. '윤동주 시를 읽는 모임'의 대표인 그는 26년 동안 매달모임을 갖고 한 달에 윤동주 시 한 편씩을 읽어 왔다고 한다. 시한 편을 일본어로 읽고 또 한국어로 읽는다. 윤동주가 남긴 시는 모두 142편. 그동안 두 번의 통독을 마쳤고 그사이 한국에서 윤동주 동시집이 발간되어 지금은 동시를 읽고 있다고 한다.누구에겐가, 무엇엔가 마음을 준다는 것. 그 고귀함에 대해 깊이 생각했던 만남이었다.

같은 해 6월에는 윤동주 여행의 마무리로 중국 용정을 다녀왔다. 시인이 태어나 청소년기까지 머물며 생활하던 생가와집, 학교와 공동체 마을이 관광 유적지로 고스란히 복원되어있어 시인의 유년 시절과 시인에게 큰 영향을 주었던 마을과 명동학교를 돌아볼 수 있었다.

1992년 한중수교 이후 연변과 한국의 교류 역사는 30년을향해 가고 있다. 지금 연변에 살고 있는 조선족 인구가 200만 명가량인데 그 가운데 80만 명이 한국을 오가며 살고 있다고 하니 이쯤 되면 국경이라는 게 무색할 정도다. 그러나 활발한 교류이면에는 그늘도 짙어 한국에서 조선족 이미지는 그리 좋지 못한 게 현실이다. 영화와 드라마에서는 조선족을 범죄나 가난과 연결해 어둡게 묘사하는 일이 잦아 스테레오타입을 강화하고 있다.

　연변은 과연 그런 곳인가? 조선족은 중국인과 다름 없는가? 나는 그 답을 연변 여행에서 찾아보았다. 이들에겐 분명한 이주의 역사가 있었다. 두만강과 압록강을 경계로 중국과 국경이 지어졌지만 먹고살기 힘든 민중들에게 만주 땅은 드넓은 대륙이었다. 힘닿는 데까지 개간하면 먹고 살 수 있는 희망의 근거지였다. 1880년대부터 조선인들의 간도 이주가 본격적으로 이루어졌고 이 땅은 일제 침략 이후 수탈을 피해 넘어간 이들과 일경의 감시를 피해 항일 독립운동을 펼친 독립군들의 주요 활동지가 되었다. 따라서 이곳에는 항일과 독립운동의 피어린 역사가 배어 있다. 공산화로 수교가 단절된 중국 땅에서 동포들은 항일운동의 공적을 인정받아 중국 정부로부터 소수민족 자치정부를 승인받았다.

　연길시로부터 용정, 두만강변을 돌아보는 여행에서 우리가 가장 먼저 맞닥뜨리는 것은 일제강점기 독립운동의 역사다.

　독립군 군자금을 마련하기 위해 현금을 수송하던 은행 트럭을 탈취했던 독립투사들의 이야기는 호쾌하면서도 처절하다. 일본군에 의해 동지들은 다 죽고 혼자만 살아남아 한겨울에 맨

발로 산을 넘어 도주에 성공했다는 전설의 항일 투사. 그러나 그렇게 힘겹게 넘어간 대륙에서 믿었던 조선인의 배신으로 결국 무기를 구입하는 데 실패하고 만다. 이 이야기는 세간을 떠돌다 한 영화감독을 만나 만주판 서부영화로 멋지게 만들어지기도 했다. 좋은 놈과 나쁜 놈과 이상한 놈들이 한데 엉켜 한 시대를 만들어 가던 역사의 땅.

연변의 조선족들에게 법이 정한 국적은 중국이고, 언어는 중국어지만 이들은 일본에 항거해 장렬히 싸웠고 소수민족 자치권을 받아냄으로써 우리말과 글과 민족적 전통을 지킬 수 있었다. 이런 역사적 배경을 알고 보면 단지 우리보다 가난하다는 이유로 연변 조선족들에게 가해진 핍박과 차별이 얼마나 천박한 것인지를 새삼 생각하게 된다. 이들에게 조국이란, 민족이란 과연 어떤 의미일까?

시인 윤동주 생가와 문학관은 엄청난 규모로 조성되어 있었다. 윤동주 가족의 역사는 우리 민족 간도 이주의 역사와 맥을 같이한다. 19세기 말, 함경북도에서 이주해 기독교 신앙에 바탕한 공동체 마을을 만들고 학교를 만들어 민족 교육에 앞장섰던 이들. 윤동주와 그의 사촌 송몽규는 같은 해 같은 집에서 태어나 소년기를 함께 지내며 학교와 교회를 중심으로 문학과 민족 정신을 습득했다. 그리고 함께 서울로 유학 와 연희전문학교를 다니며 비로소 지금 우리가 알고 있는 시인 윤동주와 독립운동가 송몽규가 되었다. 이들의 삶의 뿌리는 연변 땅에 닿아 있다. 중국 정부가 '조선자치주 항일 민족시인 윤동주'라는 이름으로 윤동주를 중국 내 소수민족 문화로 끌어들이려는 것을 알았다. 우리에겐 당연히 우리들의 시인인 윤동주를, 중국인들은 자국 시인이라 주장하고 지금 양국 사이 갈등의 골은 깊어지고 있다.

아픈 역사를 극복하고 세계 상위의 경제대국이 된 지금 우리는 과거를 얼마나 기억하고 있을까? 시인이 태어나고 자란 용정, 문학과 청춘이 영글었던 서울, 생의 마지막 순간이었던 교토와 후쿠오카를 차례차례 다니면서, 별처럼 멀리 있던 시인은 비로소 내 작은 책방 서가 한편에 꽃으로 내려앉아 나와 함께 숨 쉰다. 그리고 나는 다짐한다. 잊지 않으리라. 그러나 과거에 머물지 않고 앞으로 나아가리라. 새로운 길을 가리라. '내가 가장 예뻤던' 그 시절은 나의 어제가 아니고 지금 이 순간이다. 그러니 걷자. 새로운 길로.

내를 건너서 숲으로

고개를 넘어서 마을로

어제도 가고 오늘도 갈

나의 길 새로운 길

민들레가 피고 까치가 날고

아가씨가 지나고 바람이 일고

나의 길은 언제나 새로운 길

오늘도… 내일도…

내를 건너서 숲으로

고개를 넘어서 마을로

-윤동주, 〈별 헤는 밤〉, '새로운 길', 민음사

에필로그

나는 오늘도
책의 길 위를 걷는다

해마다 꼭 여행을 갔다. 특히 최근 10년 동안의 여행은 뚜렷한 목적을 갖고 떠난 여행이었다. 책과 도서관, 서점의 현재와 미래를 짚어 보고 우리들의 꿈을 살기 위한 여행. 그렇게 두 발로 경험하면서 보고 듣고 느낀 것을 내 삶의 터전에 대입하며 책방을 꾸렸다. 그러나 벌써 2년째, 바다를 건너고 대륙을 넘지 못한 채 집에 머물러 있다. 나뿐 아니라 모두가 집에 머물렀으므로 책방은 몹시 한가하였고 모처럼 책상 앞에 고요히 앉아 책을 읽고 독서 노트를 쓰거나 좋아하는 글을 필사하며 나의 자리를 돌아보았다.

그와 비슷하게 나는 또 많은 시간을 스트리밍으로 보냈다. 매일 저녁이면 휴대폰과 태블릿에 메시지가 뜬다.

"오늘 총 스트리밍 시간은 ○시간 ○○분으로 전날 평균보다 ○○분이 늘었습니다."

넷플○스, 왓○, 티○, 유○브, 멜○까지 유료 구독 채널은 늘어만 가고 한 번 보기 시작하면 헤어날 수 없는 개미지옥 '중드(중국드라마, 한 시리즈가 보통 60-70회차에 이르러 몰아보기에 돌입할 경우 거의 일상생활이 불가능하다는 특징이 있다)'에 빠져 폐인 생활도 자주 했다. 이야기를 좋아하면 가난하게 산다는 옛말이 무슨 뜻인지 확실히 알 것 같았다. 이야기에 빠진 사람은 몽상가이기도 하고, 실제 먹고 사는 노동은 하지 않고 이야기만 찾아다니니 현실을 제대로 살아 내지 못하기 때문일 것이다. 신문물이 일궈

낸 온라인 세상은 어찌나 신박하고 재미난지 무거운 눈꺼풀을 이기고 하품을 참아야 하는 지루한 책들과는 비교가 되지 않았다. 책방지기가 책을 권하지 않고 드라마를 권하고, 구독 채널을 소개하는 일이 많아졌다.

그러다 연초에 두 권의 책을 만났다. 〈러스트벨트의 밤과 낮〉은 성인이 되기 전 '예상치 못한 경기침체기를 맞은 밀레니얼 세대'인 저자가 제철소 노동자로 일하며 써 내려간 분투기로 일과 삶과 글이 일체가 된 뜨거운 감동을 전해 주었다.

〈소녀, 여자, 다른 사람들〉은 내용이 주는 감동은 물론이거니와 심지어 600쪽이 넘는 두꺼운 분량이어서 외국에는 아직도 이렇게 길고 긴 이야기를 써내는 작가와 그걸 읽어 주는 독자가 있구나, 감탄했다. 열두 명의 흑인 여성들, 박제된 과거가 아닌 현재를 살고 있는 그들의 생생한 목소리가 징글징글할 정도로 몸속을 파고 들어와 떨쳐지질 않았다.

그래, 이게 책이지. 영화도 드라마도 감동적이고 좋지만 페이지를 넘기는 내 손과, 끊임없이 다음 페이지를 상상해야 하는 뇌, 이 절대적인 집중과 몰입의 시간을 통해 얻어지는 기쁨에는 무언가 다른 게 있다. 제주 바닷길을 자동차로 즐기는 드라이브의 순간도 아름답지만, 바람과 햇볕을 정면으로 맞으며 해안길을 두 발로 걸어서 만나는 올레길 도보가 누군가에겐 삶을 흔들어 놓는 시간이 되듯 책이란 그런 것이다. 나는 다시 한 번 종이책이, 깊은 독서가 주는 내 영혼의 울림 속으로 빠져든다. 인생을 살면서 이 아름다운 시간과 감동을 느낄 수 있게 '독자'로 성장시켜 준 나의 독서, 내 삶에 감사한다.

그러나 이렇게 오소소 소름 돋게 하는 책의 감동을 맛보지 못한 수많은 이들은 점점 더 책의 품을 떠나 손바닥 안의 작은 세상 속으로 사라져만 간다. 사람들은 모두 피리 부는 사람의 뒤를 따르는 어린아이들처럼 줄지어 휴대폰 속으로 끌려들어가고 독자가 사라진 이 세상에 나처럼 쓰는 사람과 파는 사람들만이 남아 있다. 독자이기도 하면서 저자이기도 하고, 또 그걸 파는 서점원이기도 한 나는 그저 가만히 생각한다. 과연 나는 얼마나 더 종이책의 독자로 남아 있을 수 있을까?

서점의 미래? 그런 건 걱정하지 않기로 했다. 시대의 도도한 흐름은 개인이 막지 못하고, 다행히도 나는 늙었다. 구멍가게가 사라진 자리에 편의점이 들어서고 가끔씩 마주치는 허름한 옛 가게엔 흘러간 노래처럼 할머니 할아버지들이 웅크려 있다. 적극적으로 물건을 팔 의사도 없고, 그렇다고 딱히 가게를 접을 이유도 없는 그분들이 오래된 풍경처럼 자리를 지키고 있는 모습은 때로 이미경 화가의 작품처럼 그림이 되고, 소품이 되고, 방송의 에피소드가 된다. 그렇다 해서 그분들의 삶이 가치 없거나, 초라하지 않음을 이 나이 되니 알겠다. 그것이 그냥 우리들의 삶인 것을 이제 알겠다. 〈동전 하나로도 행복했던 구멍가게의 날들〉을 추억으로 안고 늙은 우리는 그렇게 흘러간 시대의 풍경이 되어 이 자리에 남을 것이다. 팔리지 않는 책들 위로는 점점 먼지가 쌓여 갈 테고 눈이 어두워 잘 보이지 않는 곳마다 얼룩이 묻었을 것이다. 집과 함께 사람도 낡을 테고, 한때 책방을 호령하던 나비와 공주를 먼저 떠나보낸 자리엔 동네 길고양이들이 드나들며 이 빠진 물그릇에 와 홀짝일 것이다.

돋보기를 쓰고 굽은 등으로 발톱을 깎고 있는, 내 엄마 같은 늙은 내 뒤로 텔레비전은 새로운 책의 세상을 보여 줄지도 모르지. 알츠하이머를 앓고 있는 늙은 여배우가 매일 아침 촬영을 가야 한다며 화장을 재촉하듯, 늙은 나는 아무도 찾아오지 않는 서점에서 책의 먼지를 털고 종류를 가려 꽂고 흔들리는 글씨로 여전히 시를 베껴 적고 있을 지도 모를 일이다. 그런 삶을 상상하는 게 하나도 슬프지 않은, 나는 '옛 사람'이 되었다. 그러니 새 시대는 새 사람에게, 다가올 세상은 젊은 그들에게 상상과 계획과 희망을 맡기고 나는 오늘도 책을 읽으련다.

돌아보면 인생의 주요한 시기마다 내겐 책이 있었다. 어릴 때 책으로 꿈을 꾸었고, 커서는 책으로 야망을 품었으며 그 야망이 노동이 되고 생계가 되었다. 책은 한 번도 소리쳐 내게 이 길로 가라, 말하지 않았지만 숨을 고르기 위해 멈춰선 중턱 어딘가에서 뒤돌아볼 때마다 내가 온 길이 책의 길이었음을 알았다. 그렇게 또 10년 후, 뒤돌아보면 여전히 나는 같은 길 위에 서 있을 것만 같다.

그러나 내가 선 그곳이 내 생의 종점이 아니길 바란다. 길 한 가운데 집을 짓고 아직 가지 못한 길을 바라보는 삶이 아니라, 여전히 길 위에서 왔던 길을 뒤돌아보며 아직 끝나지 않은 먼 길을 향해 느리지만 천천히 여전히 걷고 있는 삶이길 바란다. '도착이란 꿈이 끝난다는 것'을 뜻하기 때문이다

아직 내 삶은 책으로 쓰인 길 위에 있고, 몸은 늙었어도 꿈은 끝나지 않았다. ●

숲속작은책방에 간다
가슴이 콩닥콩닥했다

숲속작은책방은 한 사람의 꿈이 어떻게 더불어 꾸는 꿈으로 커지는지 보여주는 공간이다. 이곳을 다녀간 뒤 다시 꿈을 꾸게 된 독자와 작가들 그리고 용기 내어 책방 문을 연 책방지기들이 숲속에 전하는 따듯한 응원 글을 담았다.

숲속작은책방은 우리가 꿈꿔 왔던 모든 판타지가 현실로 존재하는 곳이다. 시간이 천천히 흐르는 곳, 천천히 마음을 뉘었다 가는 곳, 마음속에서 늘 그리움을 불러내는 곳. 그곳에 갈 생각만으로도 벌써 기운이 난다. **그림책작가 최향랑**

숲속작은책방은 볕 잘 드는 다락방 책상 같다. 언제든 가서 책을 읽거나 글을 쓰거나 멍 때리거나 졸고 싶은 곳! **소설가 김탁환**

맑고 환한 가을 햇살 아래 들렀던 책방, 마치 예쁘고 행복한 꿈속에 들어갔다 나온 기분이었다. 언제나 다시 꾸고 싶은 꿈, 숲속작은책방! **작가 이금이**

숲속작은책방에 간다. 가슴이 콩닥콩닥했다. **숲속 방명록 중에서**

모두가 자기 것만 챙기고 소통이 사라진 마을에 한 허기진 여행자가 도착한다. 한 끼의 음식도 구할 수 없었던 그는 마을 빈터에서 냄비에 돌 두 개를 넣은 물을 끓인다. 호기심을 느낀 마을 사람들에게 맛있는 돌수프를 만드는 중이라고 말한 뒤 감자를 넣으면 더 맛있을 것이라고 한다. 누군가가 감자를 가져와 넣었다. 다시 당근을, 양파를, 후추를, 아쉬워할 때마다 각자의 집에서 가져다 넣었다. 마침내 다 함께 먹을 수 있는 양의 맛있는 수프가 되었고 마을은 다시 소통이 시작되었다. 이것은 유럽의 민담이다. 동네에서 책방들이 사라지고 있었던 때에 시골 마을에 가정식 책방을 내고 〈작은 책방, 우리 책 쫌 팝니다!〉라는 책으로 전국 곳곳에 불을 피웠다. 이 책은 그 후 어떤 돌수프가 됐는지에 관한 보고서다. **북스테이 모티프원 이안수, 〈여행자의 하룻밤〉 저자**

숲속작은책방은 동화다. 도시도 아닌 시골의 한 외딴 마을에 책방이라니. 그럼에도 숲속작은책방은 책과 문화가 있는 공간이 되어 사람들을 동화 속으로 이끌었다. 덕분에 많은 이들이 동화 속으로 걸어 들어가 꿈을 꾸었다. 누군가는 그 힘으로 하루를 살아 냈을 것이고, 또 누군가는 같은 동화를 만들어 냈을 것이다. 숲속작은책방이 아니었다면 꿈조차 꾸지 못했을 세계. 그곳은 책을 사랑하는 이들에게 하나의 길이다. **용인 생각을담는집 임후남, 〈시골책방입니다〉 저자**

백창화 선생님의 인생과 꿈 이야기를 들으면서 부드러움 속 단단함을 만났다. 덕분에 용기를 얻어 마을 이웃들과 쩜오책방을 만들었다. 선생님 흉내 내며 오래오래 닮아가고 싶다. **파주 쩜오책방 이정은**

5년 전 숲속작은책방을 찾은 날을 잊을 수 없다. 서점에 관한 통념을 다 바꾼 날. 그날이 터득골북샵의 진정한 시작이 아니었을까. 내가 하고 싶은 모든 꿈을 서점에 담을 수 있다는 것을 깨닫게 해 준 두 분. **원주 터득골북샵 나무선**

마을 작은 도서관과 카페를 운영하다 길을 잃은 2015년, 숲속작은책방과의 만남은 안개 속 방향지시등 같았다. 녹록치 않았을 긴 시간 속에서도, 책에 대한 한결같은 애정과 작지만 소중한 것을 지키려는 그 마음 덕분에 우리도 용기 내어 책 사랑방을 열었고, 고비마다 견뎌낼 수 있었다. **광주 동네책방 숨 이진숙**

젊은 시절 선택의 기로에 섰을 때, 한 권의 책이 내게 길을 가르쳐주었다. 다시 인생의 기로에 섰을 때, 등 떠밀며 나를 끌어준 이가 있었으니, 바로 숲속작은책방 백창화. '책방'이라는 보물섬으로, 그렇게 내 인생은 새로운 길에 들어섰다. **강화도 국자와주걱 김현숙**

책방을 하면서 만난 마더(mother). '마더'라 칭한 것은 책방을 하게 된 근원이 되어 줬기 때문이다. 〈작은 책방, 우리 책 쫌 팝니다!〉를 보며 책방의 씨앗을 마음에 심었고, 지금은 싹을 틔워 자라고 있으니 숲속작은책방은 내게 고향 같은 존재. 늘 그 자리에서 한결같은 모습으로 계셔주어 고마울 뿐이다. **전주 잘익은언어들 이지선**

책방을 꿈꾸는 이들에게 교과서와도 같았던 〈작은 책방, 우리 책 쫌 팝니다!〉. 그 책과의 만남은 운명과도 같았고, 우리도 그 책 덕분에 용기를 낼 수 있었다. 오늘도 조근조근 속삭이는 선생님의 이야기를 오

숲속작은책방에 간다 가슴이 콩닥콩닥했다

래오래 듣고 싶다. **제주 노란우산그림책방 이진, 〈엄마의 섬〉 저자**

많은 이들에게 꿈을 꾸게 하고, 주저하는 이들의 두 손을 힘껏 잡아 주는 그곳에서 봄날의 꿈도 무르익었고, 발아했다. 다시 꿈꾸고 싶다면, 그 꿈을 이루고 싶다면 반드시 가야 할 곳. 숲속작은책방이 없었다면 오늘, 봄날의책방도 없었을 것이다. **통영 봄날의책방 정은영**

어떻게 살아가고 싶은지를 머릿속으로만 그리는 것과 두 눈으로 보는 것의 차이는 엄청나다. 덕분에 꿈에 한 발짝 더 다가갈 용기를 얻고 간다. **숲속 방명록 중에서**

순정한 농부들이 순정한 농산물을 키워내듯 숲속작은책방에서는 순정한 책방지기들이 순정한 문화와 즐거움을 키워낸다. 책을 통해 더 큰 세상으로 나아가는 여러 갈래 길을 숲속작은책방에서 찾게 된다. 괴산에 숲속작은책방이 있어 참 고맙다. **동화작가 임정진**

구불구불한 시골길과 이웃들 속에서 공연했던 시간까지 숲속작은책방에서 함께한 시간들을 너무나 고마운 추억으로 간직하고 있다. **싱어송라이터, 작가 김목인**

칠흑같이 어두운 밤 풀벌레의 합창 소리, 마당을 유영하는 반딧불이, 그리고 책장을 가득 채운 책들, 완벽한 하룻밤이었다. 책방의 밤은 아름다웠다. **숲속 방명록 중에서**

1. 정원, 고양이, 그리고 인생 책

헤르만 헤세 지음, 두행숙 옮김, 〈**정원에서 보내는 시간**〉, 2013

캐럴라인 줍 지음, 캐럴라인 아버 사진, 메이 옮김, 〈**버지니아 울프의 정원**〉, 봄날의책, 2020

장석남 지음, 〈**뺨에 서쪽을 빛내다**〉, '말린 고사리', 창비, 2010

기무라 아키노리·이사카와 다쿠지 지음, 염혜은 옮김, 〈**흙의 학교**〉, 목수책방, 2015

베르나르 올리비에 지음, 고정아 옮김, 〈**나는 걷는다**〉, 효형출판, 2003

헨리 데이비드 소로우 지음, 김석희 옮김, 〈**월든**〉, 열림원, 2017

존 세이무어 지음, 조동섭 옮김, 〈**대지의 선물**〉, 청어람미디어, 2014

천상병 지음, 〈**천상병 전집**〉, 평민사, 2018

코리나 루켄 지음, 김세실 옮김, 〈**내 마음은**〉, 나는별, 2019

송정양 글, 전미화 그림, 〈**우리 집엔 할머니 한 마리가 산다**〉, 상상의집, 2015

에밀 아자르 지음, 용경식 옮김, 〈**자기 앞의 생**〉, 문학동네, 2003

사노 요코 지음, 황진희 옮김, 〈**하늘을 나는 사자**〉, 천개의바람, 2018

다자이 오사무 지음, 유숙자 옮김, 〈**사양**〉, 민음사, 2018

로알드 달 글, 퀸틴 블레이크 그림, 김난령 옮김, 〈**마틸다**〉, 시공주니어, 2018

J.M 바르콘셀로스 지음, 박동원 옮김, 〈**나의 라임오렌지 나무**〉, 동녘, 2003

J.M 바르콘셀로스지음, 김효진·박원복 옮김, 〈**햇빛사냥**〉, 동녘, 2003

J.M 바르콘셀로스지음, 이광윤 옮김, 〈**광란자**〉, 동녘, 2008

정한샘·조요엘 지음, 〈**세상의 질문 앞에 우리는 마주 앉아**〉, 열매하나, 2021

2. 책방과 시골의 함께 살기

마루야마 겐지 지음, 고재운 옮김, 〈**시골은 그런 것이 아니다**〉, 바다출판사, 2014

일반재단법인 주총연 엮음, 박준호 옮김, 〈**노후를 위한 집과 마을**〉, 클, 2014

세실 앤드류스 지음, 강정임 옮김, 〈**유쾌한 혁명을 작당하는 공동체 가이드북**〉, 한빛비즈, 2013

허먼 멜빌 글, 크리스토프 샤부테 그림, 이현희 옮김, 〈**모비 딕**〉, 문학동네, 2019

알베르 카뮈 글, 자크 페랑데즈 그림, 이재룡 옮김, 〈**이방인**〉, 문학동네, 2015

홍연식 지음, 〈**불편하고 행복하게**〉, 우리나비, 2020

김소희 지음, 〈**자리**〉, 만만한책방, 2020

이종철 지음, 〈**까대기**〉, 보리출판사, 2019

김금숙 지음, 〈**풀**〉, 보리출판사, 2017

김금숙 지음, 〈**나목**〉, 한겨레출판, 2019

김금숙 지음, 〈**시베리아의 딸, 김 알렉산드라**〉, 서해문집, 2020

김금숙 지음, 〈**기다림**〉, 딸기책방, 2018

김금숙 지음, 〈**준이 오빠**〉, 한겨레출판, 2020

헤르만 헤세 지음, 전영애 옮김, 〈**데미안**〉, 민음사, 2000

제롬 데이비드 샐린저 지음, 공경희 옮김, 〈**호밀밭의 파수꾼**〉, 민음사, 2001

칼 세이건 지음, 홍승수 옮김, 〈**코스모스**〉, 사이언스북스, 2004

베르나르 베르베르 지음, 이세욱 옮김, 〈**제3인류**〉, 열린책들, 2013

프레드릭 배크만 지음, 최민우 옮김, 〈**오베라는 남자**〉, 다산책방, 2015

고미숙 지음, 〈**고미숙의 로드 클래식, 길 위에서 길 찾기**〉, 북드라망, 2015

온다 리쿠 지음, 김선영 옮김, 〈**꿀벌과 천둥**〉, 현대문학, 2017

이시키 마코토 지음, 유은영 옮김, 〈**피아노의 숲**〉, 삼양출판사, 2016

니노미야 토모코지음, 서수진 옮김, 〈**노다메 칸타빌레**〉, 대원씨아이, 2002

김목인 지음, 〈**직업으로서의 음악가**〉, 열린책들, 2018

김수완 지음, 〈**열일곱, 아트홀릭**〉, 뜨인돌, 2015

아베 히로시 지음, 엄혜숙 옮김, 〈**아베 히로시와 아사히야마 동물원**〉, 돌베개, 2014

원도 지음, 〈**경찰관 속으로**〉, 이후진프레스, 2019

윤기혁 지음, 〈**젊은 공무원에게 묻다**〉, 남해의봄날, 2020

아기 타다시 글, 오키모토 슈 그림, 설은미 옮김, 〈**신의 물방울**〉, 학산문화사, 2005

미즈키 쿄코 글, 아가라시 유미코 그림, 백종미 옮김, 〈**캔디 캔디**〉, 하이북스, 2020

신일숙 지음, 〈**아르미안의 네 딸들**〉, 학산문화사, 2021

미우치 스즈에 지음, 서수진 옮김, 〈**유리가면**〉, 대원씨아이, 2010

아리요시 교우코 지음, 〈**스완**〉, 학산문화사, 2001

김혜린 지음, 〈**북해의 별**〉, 길찾기, 2005

황미나 지음, 〈**우리는 길 잃은 작은 새를 보았다**〉, 학산문화사, 2016

세키카와 나쓰오 글, 타니구치 지로 그림, 오주원 옮김, 〈**도련님의 시대**〉, 세미콜론, 2012

타니구치 지로 지음, 양억관 옮김, 〈**열네 살**〉, 샘터사, 2004

타니구치 지로 지음, 신준용 옮김, 〈**아버지**〉, 애니북스, 2005

타니구치 지로 지음, 박정임 옮김, 〈**산책**〉, 이숲, 2015

강풀 지음, 〈**바보**〉, 재미주의, 2011

강풀 지음, 〈**순정만화**〉, 재미주의, 2011

강풀 지음, 〈**그대를 사랑합니다**〉, 재미주의, 2012

강풀 지음, 〈**26년**〉, 재미주의, 2012

윤태호 지음, 〈**미생**〉, 더오리진, 2019

홍승희 지음, 〈**헌책, 예술이 되다**〉, 더블:엔, 2020

아누크 부아로베르·루이 리고 지음,이정주 옮김, 〈**나무늘보가 사는 숲**〉, 보림, 2014

함께 읽으면 좋은 책 속의 책

노세 나쓰코·마쓰오카 고다이·야하기 다몬 지음, 정영희 옮김,
〈**우리는 작게 존재합니다**〉, 남해의봄날, 2018

Katsumi Komagata 지음, 〈**First Look**〉, 〈**Meet Colors**〉, 〈**Play with Colors**〉,
〈**One for Many**〉, 〈**1 to 10**〉, 〈**What Color?**〉, 〈**The Animals**〉, 〈**Friends in
Nature**〉, 〈**Walk & Look**〉, 〈**Go Around**〉, Kaisei-sha, 1970

김중미 지음, 〈**그날, 고양이가 내게로 왔다**〉, 낮은산, 2016

김중미 지음, 〈**꽃섬 고양이**〉, 창비, 2018

김중미 지음, 〈**괭이부리말 아이들**〉, 창비, 2013

오오타 야스스케 지음, 하상련 옮김, 〈**후쿠시마에 남겨진 동물들**〉, 책공장더불어, 2013

오오타 야스스케 지음, 하상련 옮김, 〈**후쿠시마의 고양이**〉, 책공장더불어, 2016

팔리 모왓 지음, 이한중 옮김, 〈**울지않는 늑대**〉, 돌베개, 2003

김탁환 지음, 〈**방각본 살인 사건**〉, 민음사, 2015

김탁환 지음, 〈**열녀문의 비밀**〉, 민음사, 2015

김탁환 지음, 〈**열하광인**〉, 민음사, 2015

김탁환 지음, 〈**거짓말이다**〉, 북스피어, 2016

김탁환 지음, 〈**이토록 고고한 연예**〉, 북스피어, 2018

김탁환 지음, 〈**살아야겠다**〉, 북스피어, 2018

김탁환 지음, 〈**엄마의 골목**〉, 난다, 2017

김탁환 지음, 〈**목격자들**〉, 민음사, 2015

김탁환 지음, 〈**아름다운 그이는 사람이어라**〉, 돌베개, 2017

김탁환 지음, 〈**아름다움은 지키는 것이다**〉, 해냄, 2020

윤동주 지음, 이남호 엮음, 〈**별 헤는 밤**〉, '별 헤는 밤', 민음사, 2016

에밀리 디킨슨 지음, 박혜란 옮김, 〈**마녀의 마법에는 계보가 없다**〉, 파시클출판사, 2019

최형인 엮음, 〈**백세 개의 모노로그**〉, 청하, 1990

헬레나 노르베리 호지 지음, 최요한 옮김, 〈**로컬의 미래**〉, 남해의봄날, 2018

헬레나 노르베리 호지 지음, 양희승 옮김, 〈**오래된 미래**〉, 중앙books, 2015

3. 작은 책방에도 장르가 있다

오드리 니페네거 지음, 권예리 옮김, 〈**심야 이동도서관**〉, 이숲, 2016

에릭 와이너 지음, 김승욱 옮김, 〈**행복의 지도**〉, 웅진지식하우스, 2008

니코스 카잔차키스 지음, 이윤기 옮김, 〈**그리스인 조르바**〉, 열린책들, 2008

서경식 지음, 김혜신 옮김, 〈**디아스포라 기행**〉, 돌베개, 2006

칼 세이건 지음, 홍승수 옮김, 〈**코스모스**〉, 사이언스북스, 2004

장일순 지음, 〈**무위당 장일순의 노자이야기**〉, 삼인출판사, 2003

오쇼 지음, 류시화 옮김, 〈**삶의 길 흰구름의 길**〉, 청아출판사, 2005

사마천 지음, 김원중 옮김, 〈**사기열전**〉, 민음사, 2020

자크 라캉 지음, 홍준기·이종영·조형준·김대진 옮김, 〈**에크리**〉, 새물결, 2019

지크문트 프로이트 지음, 김인순 옮김, 〈**꿈의 해석**〉, 열린책들, 2020

단테 알리기에리 지음, 김운찬 옮김, 〈**신곡**〉, 열린책들, 2009

이마미치 도모노부 지음, 이영미 옮김, 〈**단테 신곡 강의**〉, 안티쿠스, 2008

재레드 다이아몬드 지음, 김진준 옮김, 〈**총균쇠**〉, 문학사상사, 2005

줄리언 반스 지음, 송은주옮김, 〈**시대의 소음**〉, 다산책방, 2017

이언 보스트리지 지음, 장호연 옮김, 〈**슈베르트의 겨울 나그네**〉, 바다출판사, 2016

박종호 지음, 〈**유럽 음악축제 순례기**〉, 시공사, 2012

서경식 지음, 한승동 옮김, 〈**나의 서양음악 순례**〉, 창비, 2011

하정우 지음, 〈**걷는 사람, 하정우**〉, 문학동네, 2018

박정민 지음, 〈**쓸 만한 인간**〉, 상상출판, 2019

정태춘 지음, 〈**바다로 가는 시내버스**〉, 천년의시작, 2019

마거릿 애트우드 지음, 김선형 옮김, 〈**시녀 이야기**〉, 황금가지, 2002

마거릿 애트우드 지음, 김선형 옮김, 〈**증언들**〉, 황금가지, 2020

김서령 지음, 〈**여자전**〉, 푸른역사, 2017

조선희 지음, 〈**세 여자**〉, 한겨레출판, 2017

버나딘 에바리스토 지음, 하윤숙 옮김, 〈**소녀, 여자, 다른 사람들**〉, 비채, 2020

함께 읽으면 좋은 책 속의 책

제인 욜런 글, 존 쇤헤르 그림, 박향주 옮김, 〈**부엉이와 보름달**〉, 시공주니어, 2017

이태준 글, 김동성 그림, 〈**엄마 마중**〉, 보림, 2013

전소영 지음, 〈**연남천 풀다발**〉, 달그림, 2018

고정순 지음, 〈**가드를 올리고**〉, 만만한책방, 2017

미야자와 겐지 지음, 햇살과나무꾼 옮김, 〈**은하철도의 밤**〉, 비룡소, 2012

미야자와 겐지 글, 시마다 무쓰코·이토 와타루 그림, 김난주 옮김, 〈**주문이 많은 요리점**〉, 담푸스, 2015

미야자와 겐지 글, 야마무라 코지 그림, 엄혜숙 옮김, 〈**비에도 지지 않고**〉, 그림책공작소, 2015

4. 쓰는 사람, 읽는 삶

슈테판 츠바이크 지음, 김연수 옮김, 〈**체스 이야기·낯선 여인의 편지**〉, 문학동네, 2010

슈테판 츠바이크 지음, 곽복록 옮김, 〈**어제의 세계**〉, 지식공작소, 2014

슈테판 츠바이크 지음, 박광자·전영애 옮김, 〈**마리 앙투아네트 베르사유의 장미**〉, 청미래, 2005

이케다 리요코 지음, 〈**베르사유의 장미**〉, 대원씨아이, 2009

이케다 리요코 지음, 〈**오르페우스의 창**〉, 대원씨아이, 2012

올리버 색스 지음, 조석현 옮김, 〈**아내를 모자로 착각한 남자**〉, 알마, 2016

올리버 색스 지음, 이민아 옮김, 〈**온 더 무브**〉, 알마, 2017

윤동주 지음, 〈**별 헤는 밤**〉, 민음사, 2016

이바라기 노리코 지음, 정수윤 옮김, 〈**처음 가는 마을**〉, 봄날의책, 2019

에필로그. 나는 오늘도 책의 길 위를 걷는다

엘리스 콜레트 골드바흐 지음, 오현아 옮김, 〈**러스트벨트의 밤과 낮**〉, 마음산책, 2020

이미경 지음, 〈**동전 하나로도 행복했던 구멍가게의 날들**〉, 남해의봄날, 2017

도서출판 남해의봄날. 비전북스 25
우리 인생의 모범답안은 정해져 있지 않습니다. 대다수가 선택하고, 원하는 길이라 해서 그곳이 내 삶의
동일한 목적지는 될 수 없습니다. 진정한 자유를 위해 용기 있는 삶을 선택한 이들의 가슴 뛰는 이야기에
독자 여러분을 초대합니다.

숲속책방 천일야화

초판 1쇄 펴낸날 2021년 5월 20일
　　4쇄 펴낸날 2023년 5월 31일

지은이	백창화
편집인	장혜원객원편집, 박소희, 천혜란
마케팅	황지영, 이다석
사진	박성영
그림	정하진
디자인	로컬앤드
종이와 인쇄	미래상상

펴낸이	정은영편집인
펴낸곳	(주)남해의봄날
	경남 통영시 봉수로 64-5
	전화 055-646-0512
	팩스 055-646-0513
	이메일 books@namhaebomnal.com
	페이스북 /namhaebomnal
	인스타그램 @namhaebomnal
	블로그 blog.naver.com/namhaebomnal

ISBN 979-11-85823-71-3 03810
ⓒ백창화, 2021
KOMCA 승인필

남해의봄날에서 펴낸 쉰여섯 번째 책을 구입해 주시고, 읽어 주신 독자 여러분께 감사의 마음을
전합니다. 이 책은 저작권법에 따라 보호 받는 저작물이므로 무단 전재와 무단 복제를 금하며
이 책 내용의 전부 또는 일부를 이용하려면 반드시 저작권자와 남해의봄날 서면 동의를 받아야 합니다.
파본이나 잘못 만들어진 책은 구입하신 곳에서 교환해 드리며 책을 읽은 후 소감이나 의견을 보내
주시면 소중히 받고, 새기겠습니다. 고맙습니다.